國師的愛徒

上

莫顏 著

文創風 1210

目錄

序文

這套書上市時，就到二〇二三年底了，時間過得好快，轉眼一年又要過去了。

因為太忙，有一段時間專注在要做的事情上，許久沒上部落格去逛逛，等到想起來時，便想上部落格去看看，結果震驚到了。

部落格竟然不見了！

編編告訴我，原來部落格主站已經關站了，連帶我的部落格也飛了。

想想也挺不捨的，世事無常，沒想到曾經火紅一時的部落格文化，也走入歷史了。

因為關站的緣故，所以我的部落格也沒啦。

我的個性一向隨緣，既然沒了，那就讓它留在回憶中吧，值得驕傲的是，我的小說資歷，居然活得比部落格久，可喜可賀。(^o^)

從一九九九年出道至今，寫書已經步入二十四個年頭了，真高興自己堅持到現在，世界都變了好幾次，我依然還在寫，可見是真的喜歡這個興趣。

在網路和科技飛速的時代，我還是喜歡保留一部分傳統，如果讀者要寫信給我，可以上狗屋網站留言，或是靜靜地看我的書就行啦。

這次寫的男女主角，代表著兩種時代思想的碰撞，不過因為男主角是怪咖，所以可以接受女主角跳脫的性子。

故事的靈感，來自於我的有感而發。

這世上的人，其實每個人活著都有雙重面貌，一面對外，一面對內。

男女主角都有兩面，兩人的相識，讓自己的另一面浮現出來，進而產生了火花。

這部分寫來，覺得很有意思。

照例，希望大家看了喜歡，也在此先祝大家新年快樂，願我們都能平平安安、健健康康，惜福。

莫顏 Mandy

第一章

桃曉燕出身商戶，她老爹經營了五家鋪子，富得流油，左右鄰居見了他，都要恭稱一聲桃員外。

桃員外娶了六名小妾，生了七個孩子，四女三男。不過真正繼承桃員外生意頭腦的，唯有正妻的女兒桃曉燕。

桃曉燕不但算盤打得精，看帳本更是快速且銳利，她七歲時，就展現出做生意的天分，桃員外大喜，自此帶著她到各家鋪子巡視，與人談生意時，也一定帶著她旁聽。族人皆心中有數，桃員外已經把這個原配生的女兒當作接班人培養。

桃曉燕及笄時，桃員外果真宴請四方，正式對外宣布，嫡女桃曉燕是下一任的桃家家主，所有商鋪都歸她管，兄弟姊妹、叔伯姑媽，全都得聽她的。

桃曉燕也確實爭氣，不但將商鋪打理得井然有序，甚至青出於藍更勝於藍，開了一家四海酒樓，家具用的是自家匠師打造的木工，布料用的是自家布莊織出的布，酒是自家釀的酒。

對於人事，她更是把人才用盡，依照每人的長才，放在合適的位置。

十六歲的桃曉燕，已經是個厲害的東家，關於她的婚姻大事，更是各家密切注意的重點。

大夥兒猜測，桃曉燕既然是桃家家主，就不可能嫁出去，夫婿必然得入贅。

入贅好啊，若是入贅到其他家，男人們肯定嫌棄，但是桃曉燕不但是個富婆，本人還繼承了她娘親的美貌。

入贅桃家，當個富貴女婿，一生衣食無缺，又有美人在懷，想入贅的人多得大排長龍。

不管是親戚、生意上的客戶或是各家富戶，全都動了心思，想將自家其中一個兒子推出去入贅桃家，因此大家去桃家走動得更勤了。

桃曉燕不僅對做生意很有主見，對自己的婚事更有主見，她可不像其他姑娘家，談到自己的婚事便臉紅羞怯，相反的，她喜歡打開天窗說亮話。

「薛家的，就不必考慮了。」

貴妃椅上坐著一位年輕的美人，她膚白似雪，面色沈靜水潤，跟同齡姑娘相比，她顯得特別沈穩，已有主母的風範。

桃謹言雖然還是家主，可不知從何時開始，所有事情他都會和女兒桃曉燕商量。

他這個女兒簡直比兒子還優秀，甚至比他這個爹更精明。

「為何？」他十分重視女兒的意見。

「薛家與趙知縣十分交好，而趙知縣是楊大人的女婿，楊大人是趙太子一派的人，咱們若是跟他們聯姻，等於選邊站了。」

桃謹言一聽，背都挺直了。

「妳怎麼知道？」

桃曉燕啜了一口茶，才慢悠悠地說：「自古商政不離，想要做穩生意，哪個不去巴結大官？沒點靠山是不行的，因此女兒派人去查了各商行的人脈，包括薛家的。」

桃謹言聽聞，哈哈大笑。

他一直知道這個女兒很聰明，卻沒想到她聰明至此。

「有理，爹明白了。」桃謹言大筆一揮，在名冊上把薛家打了個大叉。

薛家就此淘汰。

接下來又剔除了幾家人選，桃曉燕打了個呵欠，百無聊賴地擺擺手。

「其他的先擱著吧，讓他們互相制衡，互相爭鬥，咱們在場邊看戲就好，等他們鬥得差不多了，我誰都不挑，只另外挑個聽話又能拿捏的。」

桃謹言笑了，當初挑女兒當家主時，他還猶豫著，畢竟這是男人的世界，女人的麻煩在於親事。

現在瞧女兒如此冷靜明白，他終於放心了，女兒將大事看得清楚，比他這個做爹的更可靠。

「男人嘛，跟女人一樣，就那回事，選個討喜的，放在後院賞玩就行。」

桃謹言不禁想到後院那些年輕貌美的小妾，今晚去哪個院好呢？

桃曉燕只瞥了眼桃員外的表情，就知道他在想什麼了。

男人，到了任何年紀都一樣，差別只在下面中不中用而已。

「爹，女兒的人選，爹也去問問娘的意思吧。」

桃謹言擰眉。「她一個女人家什麼都不懂，問她有什麼用？」

「不管有沒有用，都要走個過場，最近娘收了不少帖子呢，爹何不去探聽，給娘一些意見。」

桃謹言一聽，立即明白了，外頭那些動心思的人不只跟他打交道，也會派自家女人來探聽消息。

桃謹言畢竟是個商人，在大事上頭腦是清楚的，事關女兒的婚姻大事，十分重要，他可得盯著，別讓人鑽了後院的漏洞。

「行，今晚我就去妳娘的院子。」

桃曉燕勾唇一笑。「那就煩勞爹了。」說完又打了個呵欠。

「妳休息，爹走了。」

桃謹言站起身，桃曉燕送他到門口，瞟了等在門外的桃堅一眼。「照顧好我爹，別讓他又貪杯喝醉，酒傷身呢。」

桃堅立即拱手。「小的遵命。」

桃謹言聽了無奈笑笑。「只是去妳娘的院子，我頂多喝喝小酒，哪裡會醉？」別的妻妾勸他少喝，他會嫌煩，但女兒勸他，他只覺得窩心。

桃堅回頭看了大小姐一眼，便隨著桃員外離開。

明面上，桃堅是桃謹言的長隨，但其實他是桃曉燕安插在桃謹言身邊的人，桃曉燕才是他的主人。

送走桃謹言，桃曉燕對下人們命令。「我乏了，都退下吧。」

丫鬟們應是，全部退了出去，桃曉燕便一個人待在屋子裡。

只有這個時候，是她獨處的時間。

她拆下頭上的釵環，褪下繁複的裝飾，以及一層又一層的衣物，在沒人時，露出了襯衣裡的胸罩。

是的，胸罩，不是肚兜。

肚兜什麼的最不方便了，這胸罩是她請人訂製的，做了一百件，足夠穿一年了。

不只胸罩，還有內褲、室內拖鞋，全都是桃曉燕找人特製的。

因為，她來自於現代。

她本名施洛洛，是施家的大小姐，也是企業集團總裁，是商界的女強人。

當初為了成為集團培養的接班人，她和其他候選人鬥得你死我活，好不容易終於拿到總裁的位置，卻沒想到一場車禍讓她死去，睜開眼睛時，她便成了七歲的桃曉燕。

當時她可慌了，本來不想死，發現自己穿到了古代，想死的心都有了。

然而，當她瞧見趕過來的桃家夫妻時，她又不想死了，因為桃員外和桃夫人的相貌，完全就跟她現代的爸媽同個模樣，差別只是兩人換上了古代的服裝。

若不是她成了七歲的孩子，不然她真以為自己被人戲弄，丟到哪個劇組拍電視劇了。

從桃員外和桃夫人的表現來看，她確定這兩人並不是一起穿來的爸媽，不免失望極了，但能見到熟面孔總比沒有好，不然讓她對著陌生人喊爹娘，她實在喊不出口。

她死時才三十二歲，在古代是祖母級了，但在現代還年輕呀！她輝煌的人生才要開始，她的企業藍圖才要展開，卻意外死了！

死就算了，還被帶到這種零科技的古代，夏天沒冷氣，冬天沒暖氣，馬車跑得慢，上個廁所還要捏鼻子。

沒電腦、沒雲端、沒網路，做什麼都不方便，她悶啊！

她不僅想念現代科技，還想念她的房地產、股票和基金，那可是她辛苦經營來的財富啊。

七歲的桃曉燕有生意天分？呵，當然不是，那是擁有超強經商能力的現代女強人施洛洛，跑進了桃曉燕的身子裡。

至於七歲的桃曉燕本尊去哪裡了？大概在閻王府吧，現在也不知去哪兒投胎了。

施洛洛的靈魂是女強人，來到古代，當然也要當個女強人，因此桃家的家主，她是肯定要搶到手的。

成了家主，她才有地位，才有話語權。

要她相夫教子？笑死人，她在現代就把一票男人踩在腳底下，來到古代，照樣不會讓一個古代男人騎到她頭上。

她要掌控自己的金錢、自己的房子、自己的鋪子，還有自己的人馬。

桃謹言身邊的桃堅，就是她的人馬之一。

可惜受限於男權至上的社會制度，她不能保持單身，還得必須嫁人。不過成了家主，她不必嫁出去伏低做小，只須讓男方入贅。

她打定了主意，找個好掌控又懼內的男人，讓他入贅進門當擺設，她照樣可以過自己想要的日子。

薛家什麼的，其實那是她糊弄她爹的。她查過了，那些名單上的男人，全都很優秀，畢竟那些人可不會送個笨蛋進來，既是存著與桃家聯姻的心思，就會想方設法選出優秀子弟入贅桃家。

想用美男計掌控她？呵……這方法，她八百年前就用過了。

她自己就曾經派俊男美女去搞生意，打探商業機密，因此她對所有接近桃家的俊男美女很有警覺性，包括接近她的古代爹桃謹言。

她爹其實也不過三十五歲，以現代眼光來看，正值男人最鼎盛的時期，有著男性的成熟魅力，加上事業有成，長得也不錯，體態保養得也好，自然是女人的最愛。

古代爹跟現代爹一樣，有了錢，就要享齊人之福。

男人想要美人很正常，桃曉燕對此習以為常，但若是有人想利用美人來控制桃謹言，那就犯到她的忌諱了。

薛家想透過桃謹言給她塞個男人，她才不會讓對方得逞，這件事跟後院女人有關，就交給她娘去處理吧。

隔日一早，大房來了人。

「稟大小姐，昨日老爺在夫人房中歇了，夫人要我來告訴大小姐一聲，老爺暫時不考慮名單上的人選，當然也不打算納宜春樓的花旦做妾了。」

桃曉燕笑笑。「告訴我娘，我明日陪她出去踏青走走。」

古代娘與她現代的老媽相貌一樣，性子也很像，不管做什麼事，第一個挺她的就是娘。

桃夫人身為正妻，舉止十分得體，她出身書香世家，只因家道中落，家族為了「聘金」，便將她嫁給桃謹言。

儘管她十分不滿丈夫一直納妾，但是在外人面前，她向來表現大方，有主母的風範。可私下她也跟所有女人一樣會黯然神傷，會對丈夫失望，把所有的苦都埋在心中，自己吞下。

桃曉燕當然不會虧待這位跟她老媽長得一樣的古代娘，首先在觀念上，她就得好好糾正一下。

男人有男人快活的世界，女人也有女人找歡樂的方法。在現代，上流社會和大財閥的子女，百分之九十以上都是企業聯姻。

愛情什麼的，婚前玩玩就好，這種像泡沫一樣容易消失的愛情，哪有綁在一起的利益可靠？與其當夫妻，不如當合作夥伴，這就是企業聯姻的意義。

桃曉燕教桃夫人追求歡樂之法，便是要懂得花錢愛自己，沒事別把心思都放在男人和後院上。

這一回，她便以上香禮佛的名義，帶桃夫人出去踏青。

桃曉燕對於上香禮佛沒什麼興趣，當年她只有在建案動土開工或是遇到生意上的事，才會根據習俗去祭拜。

不過自從她的靈魂跑到桃曉燕身體裡後，她覺得多拜拜總沒錯，還能順道去桃家位在靈雲寺附近的別莊住個一、兩天再回去。

靈雲寺的齋菜十分有名，桃曉燕早就訂好了位子，帶著桃夫人和一眾小妾，浩浩蕩蕩地前往靈雲寺。

馬車上，桃夫人十分不滿地對女兒抱怨。

「去就去，為什麼非要帶著那些女人，看了真礙眼。」桃夫人對外表現大方，從不碎嘴，但在女兒面前，她不吐不快。

如果在女兒面前也要裝，那她的人生還有什麼意義？

其實桃夫人年輕時也是個美人，加上書香世家的薰陶，氣質自是比一般姑娘更好。但人雖美，看久了也會膩，管不住男人的下半身。

丈夫越富有，納的女人就越多。

桃夫人就算貌美如花，隨著怨氣加深，年齡漸長，相貌越來越面目可憎。

桃曉燕深知心情影響一個女人的外貌有多嚴重，她要糾正桃夫人的第一個觀念，不是讓她如何對男人心胸寬大，而是要對後院女子大方，就跟她現代老媽一樣。

她拿出一盒香膏，將母親的手拉過來，在手背上細細塗抹。

「這是什麼？」

果不其然，桃夫人很快轉移了注意力。

「新研製的乳膚膏，娘聞聞。」

桃夫人收回手，放在鼻下，目光大亮。「真好聞，咦？不油呢。」

女兒這個香膏跟以往的不同，特別清香，塗在肌膚上，不會像其他香膏油膩膩的，被塗抹的地方好似更加水嫩。

「娘可知為何咱們的胭脂鋪子，隔一段時間就有新貨色？」

「求個新鮮嘛，胭脂這種東西，當然是越多越好啦。」

「正是如此。女人哪，就跟這胭脂一樣，永遠要最新的，就算用得再好，只要有新貨出來，大家就要買一買、用一用，永遠不嫌多，娘明白嗎？」

桃夫人不糊塗，當然聽明白了。

她臉色一沈，嘆了口氣。「我明白妳的意思，但我就是忍不下這口氣。」想到丈夫先前居然要納青樓女子為妾，她就有氣，若不是為了女兒，她當時肯定氣得把丈夫踢出房。

桃曉燕笑咪咪地道：「娘不必忍，胭脂再好，也是娘的鋪子出來的呀，娘只要當東家，收銀子就行了，銀子可比男人可靠多了。」

桃夫人聽了一頓，盯著女兒。「我的鋪子？」

「是啊，這鋪子本來就是娘的嫁妝，只不過從賣文房四寶改成了胭脂鋪，賺的銀子都是娘的，沒人拿得走，連爹也不行。」

桃夫人整個身子都坐直了。

「這胭脂……是我的？配方也是我的？」

一個好東西的配方比一間鋪子還值錢，鋪子可以賣，但秘方是要傳家的，不然怎麼叫做祖傳秘方。

有了祖傳秘方，無異是有了一個聚寶盆，將來下地見了祖先，在祖先面前都有面子。

桃曉燕笑咪咪地點頭。「都是娘的。」

桃夫人樂了，差點沒笑出聲。鋪子是她的嫁妝，現在改成了胭脂鋪，已經讓她十分驚喜，加上祖傳秘方，簡直讓她樂壞了。

錢雖然不是萬能的，但它可以取代很多東西，桃曉燕是財閥出身，深知有錢對一個女人多重要。世上沒有青春藥，但可以用錢來保養，日子要過得美美的，人也要活得美美的。

「本來想在娘生辰時再跟娘報喜，今日就先跟娘說了。」

桃夫人這些年受到女兒的耳濡目染，也知道銀子的力量，完全不像以往待字閨中時，被書香世家教導要遠離銀子，視銀子為俗物。

呸，去它的俗物，靠男人不如靠銀子。

「行行行，娘懂了，娘都聽妳的，不跟她們計較。」

女人一旦失去青春，就越緊張，但若有銀子傍身，誰還稀罕男人？更何況現在是她女兒當家，她不需要丈夫！

桃夫人立即開心地和女兒討論這款新出爐的乳膚膏，抹在肌膚上愛不釋手，早把那勞什子的男人、小妾拋到九霄雲外去了。

馬車來到了靈雲寺，下了馬車後，桃夫人整個人都笑咪咪的，看那些小妾也順眼多了。

以往，她需要假裝大方，現在隨著心情的改變和融通，她有了七分真心的大方，整個人容光煥發，她領著一眾妾，一起去看看今晚她們要住的僧房。

桃謹言單獨坐一輛馬車，下車時，對自家夫人多看了幾眼。

不知為何，最近他這位髮妻好像年輕了許多，人也變美了。

男人嘛，身邊妻妾能和平相處是最好的，他只要享齊人之福就好。

妻子大方，做丈夫的能給的禮遇就變多，因此在眾多信眾看來，桃員外這一大家子，就成了妻妾和睦、和樂融融的一家人。

給足了出家人銀錢，自然不必與那些信眾擠在前頭，住持早派了一名師父去接待他們，畢竟，桃員外的供養金十分不菲。

桃曉燕陪桃夫人在寺中散步，欣賞靈雲寺的山水。

靈雲寺建在一處半山腰，風景如仙境。桃曉燕在現代時，也很懂得享受，常坐私家飛機出國，欣賞山川大地。若說古代有什麼好處，那就是鬼斧神工的風景，未經開鑿的純粹天然，比現代好太多了。

離用膳前還有一段時間，桃夫人進屋休息，桃曉燕還不累，便帶著自己的丫鬟四處走走看看。

「有人。」

錦繡突然擋在她前頭，提防四周。

錦繡是她的丫鬟，與其說是貼身丫鬟，不如說是貼身保鑣，因為她身懷功夫。

有錢人都需要保鑣，桃曉燕在現代也會請保鑣保護她的人身安全，到了古代也一樣。錦繡是個武林高手，桃曉燕見識過她飛簷走壁的模樣，因此對錦繡很有信心。

她好奇問：「人在哪裡？」

「不知。」錦繡面色沈重。「此人武功高強，深不可測，咱們最好快避開。」

桃曉燕聽了心驚，能被錦繡說深不可測的，絕對不可小覷。

她立即轉身。「好，咱們回去。」

保命要緊，至於對方是什麼人，傻子才好奇去看呢。

桃曉燕急急往回走，走沒幾步，卻發現前方有人站在路中央。她心驚，趕緊轉了個彎，卻發現前頭又出現一人立在路中。

不好，她被包圍了，她急著去找她的丫鬟錦繡，卻赫然發現錦繡倒在地上。

桃曉燕只覺得一股冷意爬上背脊，她這是遇到土匪了？

土匪不是劫色就是劫財，像她這種姿色的，恐怕是先劫色再劫財。

不過，待看清那些人時，桃曉燕又鬆了口氣。

不怕，包圍她的是女人。

劫財總比被劫色好，財沒了，可以再賺。

「諸位是誰，可有事？」她收起慌張的神色，禮貌地開口。

這三名女子都是清一色的美人，長得……呃，長得像神鵰俠侶裡的小龍女，空靈清秀，冰清玉潔，不食人間煙火，一副不可褻玩的模樣，而且都身著一襲飄逸的白衣。

飄逸的白衣不適合做粗魯的動作，所以肯定不會對她動粗。

「鏗鏘」一聲，三名女子猛然拔劍出鞘，動作整齊一致，長劍直指她的鼻子。

「何方妖孽，快快現形！」

「……」

桃曉燕做了個深呼吸，清了清喉嚨，儘量保持交際應酬的微笑。

「各位有話好說，我姓桃，叫桃曉燕，今日陪同爹娘到靈雲寺禮佛，不信的話，各位去查查就知道了。」

三名白衣女子依然動作不變、表情不變。

桃曉燕覺得這三人需要好好再教育。

「我不是什麼妖孽，妳們想想，靈雲寺乃神佛之地，有神佛庇佑，妖怪怎麼可能進得來，是不是？」

三名女子互看一眼，彷彿只一個眼神，便啟動了某種默契，身形一動，立即擺出了劍勢。

這是要對她動粗了。

桃曉燕見大勢不妙，急忙求饒。「有話好說，有話好說，妳們要銀子嗎？我可以給妳們銀子——別過來呀——啊——」

桃曉燕只覺得腦仁一疼，眼前一黑，人便沒了意識。

第二章

桃曉燕一醒來就感到一陣頭疼，她嘶了一聲，摸著自己的後腦，果然腫了一個包。

「王八蛋……老娘若是腦震盪，一定找律師告妳們賠償到破產。」她嘴裡罵罵咧咧的，輕輕揉著後腦勺。

悅耳好聽的男音，從一旁緩緩傳來。「什麼是腦震盪？」

她動作一頓，轉頭朝聲音來源看去。

我靠！又是白衣！

一群白衣人無聲無息地列隊站好，除了白衣女子，也有白衣男子，對她開口的，就是白衣男子。

「妳剛才還說律師？破產？」男子問。

桃曉燕朝男人打量一眼。

英俊、高傲、冰冷。

男人兩側分別站著白衣女子，代表這男人是頭頭。

男人俊美得不像話，似謫仙下凡，若放在現代，可以成為影視圈的當家小生了。

只一眼，她就知道這男人不是來劫色的，因為他長得比她美，如果兩人有個什麼，都是她占便宜。

搶錢就更不可能了，光看這氣勢就知道是個上流人物，只不知他到底是什麼身分？

她沒說話，裝傻到底。

男人若有所思地盯著她。「妳是誰？」

「你又是誰？」她反問。

男人挑眉。「妳不怕七星陣，現形術對妳無用，也無懼本座的迷魂之眼，令本座頗為好奇。」

本座？這個自稱聽起來頗有江湖味，她該不會是惹到哪個武林門派的掌門人吧？

桃曉燕好奇問：「七星陣？現形術？那是什麼？」

男人頓了下，繼而勾起唇角。「呵……」

呵什麼呵，解釋啊。

「本座倒是頭一回遇到像妳這樣的，實在奇特。」

桃曉燕也不跟他廢話，直接開門見山。「說吧，你要什麼？」

「喔？妳能給本座什麼？」

她上下打量他。「把人抓來，通常不是劫色就是劫財，至於你嘛，你長得比我美，身邊又有美人，所以應該不是劫色……」

「放肆！」

桃曉燕嚇了一跳，見鬼地看向男子身後突然喝斥的白衣女子。

「國師大人乃天上星君轉世，豈是妳這種女人能冒犯的！」

在別人講話時突然插嘴才是冒犯好不好，沒禮貌！

不過……她美眸微瞇，因為她聽到一個關鍵詞。

國師？

她穿來的這個朝代，名為大靖朝，皇帝是魁文帝，聽說他身邊有一位備受禮遇的貴人，此人被封為大靖朝的國師，能觀天象、卜未來，還能降魔伏妖，他的名字叫司徒青染……等等！

桃曉燕突然領悟了什麼，白衣女子劈頭就問她是何方妖孽，國師能降魔伏妖，難不成他們將她當成了妖？

她當然不是妖，但是也不是正常人，因為她是從現代穿過來的，該不會這個司徒青染看出她不是他們這個世界的人？

司徒青染頗為玩味地打量眼前的女子。

若她是妖，應該怕他才對，畢竟所有妖魔聞之色變。

她若是普通女子，也該敬畏他或者仰慕他，就像宮中那些貴女、妃子和宮女一般，見到他，眼中無不景仰歡喜。

這女人兩者皆無，她眼中無懼，對他直視不諱。

他不知道桃曉燕在穿來之前也是站在金字塔頂端的人，什麼大人物沒見過？什麼大場面沒看過？什麼俊男美女沒接觸過？

司徒青染俊是俊，但他的條件就相當於影視圈一線等級的男演員，桃曉燕以前還捧過一名當紅男星呢，那顏值可一點都不輸給這位國師。

想巴結她的男星多了去。

她現在沒空去欣賞他的顏值，她只想知道這男人是否能瞧清她身體裡的那一縷現代魂？

若是他能看出來的話，她打死都不能承認。

別開玩笑了，在這落後的古代，若是發現妖什麼的，那是要燒死的。

這些想法在她腦中不過是幾秒即逝的速度，她就做了決定。

她立即改坐為跪——當然是跪在柔軟的床上，傻子才去跪冰冷的地板。

「民女拜見國師。」她磕了一個頭，抬起時，一臉誠懇。「民女十分仰慕……」話卡在喉間，因為男人突然伸出一根食指點住她的眉心。

她僵住。

以前看過的古裝劇告訴觀眾，當人用食指點住另一個人的眉心時，肯定會發生不好的事。

時間彷彿膠著在這一刻，安靜無聲。

桃曉燕等了又等，然後……什麼事都沒發生。

她沒有七孔流血，也沒有頭疼腳痛，四肢還可以動。

她將臉往後退了下，看看食指，瞧瞧男人，顯然男人也很驚異。

切！國師？還以為他多厲害呢！

要不是礙於人在屋簷下，不得不低頭，她現在已經在大方的嘲笑他了。

司徒青染眉頭緊擰，顯然對於什麼事也沒發生的情況感到很不滿，令他向來面不改色的清冷俊容上，難得多了些情緒。

突然，他咬破指頭，以血為墨，在掌心畫了一個符，貼上她的胸口。

桃曉燕再度僵住，低頭看著自己目測有B罩杯的胸部。男人的大掌牢牢地罩在上頭，掌心的溫度很真實地傳到她的胸口。

她這是被襲胸了？

按照古代的標準，為了守護貞操，她這時候應該要以命相搏才對，但是面對長得比她俊美十倍的男人，她都覺得自己占便宜了。

她還在考慮要不要呼天搶地意思意思演一下時，白衣女子們倒抽了口氣，紛紛拔劍，金鳴之聲陸續響起。

「好個厲害的妖女！」

「咱們小瞧了她！」

「她竟能抵禦國師的畜牲現形符！」

桃曉燕瞪向那人，妳個死小孩，妳才是畜生！

司徒青染收回手，看著自己的掌心，上下打量她，冷冷開口。

「對本座的法術沒反應，妳倒是頭一個。」

怎麼沒反應，她只是忍住罷了，男人掌心的熱度令她舒服得差點呻吟。

她正色道：「這表示民女是人，不是妖，所以這符咒對民女無效。」

司徒青染點點頭。「既如此，本座只好拿出最後的法寶了。」手一揮，一瓢水潑了過去，淋了她滿臉。

桃曉燕還沒搞清楚什麼狀況時，耳邊又聽到白衣女子們連連驚呼。

「她沒現形！」

「好強的妖！」

「她竟然不怕！」

「太厲害了！」

別說那些女人，就連司徒青染也十分詫異。

「真奇怪，本座第一次見到像妳這樣的，明明很柔弱，卻不怕本座的法水。」

桃曉燕抹了一臉水，沒好氣地道：「法水？這法水怎麼有一股……」她愣住，因為她聞到了熟悉的味道。「這是……尿？」

白衣女子怒斥。「放肆！那叫法水！國師乃天君轉世，食素不葷，清淨聖潔之身，他全身的血肉都是治妖降魔的法寶，凡是遇到國師的法水，沒有不煙消雲散！何方妖孽，還不快快現形！」

眾白衣女子齊聲重複。「何方妖孽，還不快快現形！」

到目前為止，桃曉燕都能維持良好風度，直到這一刻，她感覺到自己某一根神經斷了。

要她現形？好，她就現形給他們看。

她閉了閉眼，再睜開時，二話不說，直接送司徒青染一拳頭。

桃曉燕被關在一間黑暗的牢裡，這是她打了國師一拳之後的下場。

老實說，她當時是氣極了才會這麼不理智，現在冷靜下來便有點後悔。

後悔什麼？後悔自己沒沈住氣，真是枉費自己在商場上的歷練，想當初她在現代時，什麼下流的小人沒遇過？

她後悔自己太衝動，這裡是不講人權、女人地位低下的古代，她惹怒了國師，下場可想而知。

桃曉燕揉揉有些疼的太陽穴，怪只怪她可以面對商場上的爾虞我詐，卻從沒經歷過被人當面潑……想到此，她臉又黑了。

如果再重來一次，她不會衝動。君子報仇，十年不晚，她會找機會綁了那傢伙，把他浸到糞桶裡。

可惜，現在後悔什麼都晚了，她猜，她的日子不多了吧，說不定這幾日他們就會處決她。

原以為可以在古代過著吃香喝辣的日子，哪想到飛來橫禍，遇上個捉妖的國師。往好處想，如果她死了，是不是就能回到現代？

跟古代相比，當然是回到現代好啊，現代實在太方便了。雖然她七歲就穿到這裡，生活了九年，但她骨子裡是個現代人，她還是寧可回到現代。

這麼一想，似乎死也不可怕了。

想開之後，桃曉燕往後一躺，決定好好睡個覺，等死。

「喂。」

桃曉燕睜開眼睛，就見一名白衣女子將一碗飯菜端來。

「吃吧，這是妳最後一餐。」

桃曉燕好奇地看了一眼，有肉有魚，竟是十分豐盛。

她摸了摸肚子，也好，吃飽了再上路。

她走到飯菜前，坐下來，拿起筷子，大方地吃了起來。

當她吃飯時，白衣女子並未離開，而是盯著她。

她瞧了對方一眼，也沒太在乎，直到將飯菜吃光後，一抬頭，就見白衣女子一臉不可思議地瞪著她。

她擰眉。「有事？」

白衣女子抿唇，什麼話也不說，轉身走人。

桃曉燕只覺得莫名其妙，殊不知自己的一舉一動，都在別人的監視之下。

酒足飯飽後，血液都跑到胃部去幫助消化了，她本想打個盹，突然眼前又出現一個人，正直直看著她。

此人不是別人，正是國師司徒青染。

他居高臨下地睨著她，神情冰冷至極。

看到他，她的拳頭又癢了，忍了忍，她暗暗告訴自己，君子報仇，說不定不必等十年，想到此，胸口那股火氣就壓下了。

「有話就說，沒事我要睡了。」

「放肆！不可對國師無禮。」

桃曉燕忍不住翻白眼，她都要死了，誰還在乎他是國師還是乩童？

她閉上眼，倒頭就睡，上頭傳來男人的冷語。

「妳不怕蝕丹散。」

這還讓不讓人睡啊？

「你說什麼我聽不懂。」

「蝕丹散是用蜈蚣的內膽汁製成的，任何妖物吃了，內丹都會蝕去，現出原形，妳竟不受影響。」

她猛然坐起身，直直盯住司徒青染。

「你說什麼？用蜈蚣的什麼？」

「內膽汁。」

她又要抓狂了。「你……把那種東西放在飯菜裡？」

他挑眉。「怕了？」

變態！她摀住唇，臉色發白。

見她如此，他勾起唇角。「妳是該怕，所有妖怪都怕的。」他蹲下身，伸手拎起她的衣襟，冷聲道：「說出妳的底細，本座可以饒妳不死，否則——」

沒有否則，因為她「噗」的一聲，噴了他一臉嘔吐物。

這次她真不是故意的，誰叫他好死不死的在她想吐時，突然把臉送上來，離得那麼近，她想避都避不開，只好吐他一臉了。

他潑她尿，她噴他嘔吐物，扯平了。

看著國師變色的臉，聽著一旁白衣女子的尖叫聲，桃曉燕覺得，就算她現在死去，也值得了。

「國師，此妖會吐毒液，快殺了她！」

桃曉燕又想翻白眼了，這些人連嘔吐和毒液都分不出來，神棍一族無誤。

在吐了司徒青染一臉後，她以為這男人會在盛怒中殺了她，他現在就是盛怒的眼神，依她的經驗，喜歡穿白衣的人，通常都有潔癖。

他肯定氣炸了，行，要殺就快點，給她個痛快，她好回現代去浴缸泡澡。

可桃曉燕沒有等到男人的抓狂，只見他伸手在空中劃了劃，接下來的一幕，彷彿變魔術似的。

他臉上的嘔吐物不見了，身上乾淨得跟剛洗完澡一樣。

桃曉燕震驚得眼珠子都要掉出來了。

她看了什麼？怎麼可能？她見鬼地問：「你是妖怪？」

白衣女子又火大了。

「大膽！竟敢罵咱們國師！」

桃曉燕也火大了。「怎麼不是妖怪？妳沒看到他這麼一比，我吐在他臉上的東西就不見了！」

「那是除塵術！國師是仙人，妳個孤陋寡聞的妖女！」

仙人？神仙？真的假的，這世上真有神仙？

這是桃曉燕穿到這個世界後，第一次親眼看到仙人，原來百姓口中的神仙是真有其人，不是迷信？不是誇大？

司徒青染冷眼盯著她一臉驚詫，冷笑一聲，突然站起身，說出一個令所有人都錯愕的命令。

「慕兒，送她回家。」

桃曉燕坐在寬敞的馬車裡，覺得這一切都十分戲劇化。

她沒有被五花大綁，沒有被五馬分屍，在吐了國師一臉後，她的待遇居然好到可以坐私人高級轎車。

是的，若擱在現代，這輛馬車相當於頂級勞斯萊斯，馬夫是專人司機，車內還有老闆的保鑣……不對，應該算是秘書吧。

她好笑地看著坐在自己對面、名喚慕兒的白衣女子，瞧她一臉怒色，顯然這一趟任務令她極不甘願，卻不敢違抗國師的命令，因此這一路上，她都沒給桃曉燕好臉色看。

桃曉燕一點都不介意，她外表是十六歲的姑娘，內心卻是三十二歲的成熟女人，什麼世面沒見過，她現在整個心思都在司徒青染的法術上。

若非親眼所見，她真的無法相信，這世上真有仙術？

她整個興致都來了。

「慕兒姑娘別瞪我，國師大人知道誤解我了，才把我放了不是？」

慕兒沒說話，只是冷冷瞪了她一眼。

「國師大人也太客氣了，特地派人送我回去，其實跟我道一聲歉就好了，何必這麼費事？」

「笑話！憑妳也配？國師是暫時不殺妳罷了，因為國師——」

「師妹！」

坐在慕兒身旁的白衣女子即時制止，慕兒只好閉嘴，雖然話沒說完，但桃曉燕已經聽到了一個重點。

國師暫時不殺她？為何？必然是她身上有什麼東西，讓他決定不殺她，甚至連她吐了他一臉，他也反常的沒有傷害她。

她身上有什麼東西讓司徒青染盛怒之下，竟也不殺她？

她不必想、不必猜，因為從頭到尾司徒青染都沒有隱瞞，他親口承認，他的法術對她無效。

桃曉燕用她現代的頭腦來做理性邏輯思考，便得出了結論。

她這個從現代穿來的魂魄，被他們這些人當成了妖，但她並不是妖，所以司徒青染所有的法術對她無用。

他不殺她，不過是想弄清楚她是什麼妖罷了。

一個高高在上的男人，身居高位久了，突然遇到自己不能解決的事，又是當著自己手下面前失了面子，當然要找補回來。他隨時可以殺她，但殺了她，還是沒面子，因此他反其道而行，做出所有人都不能理解的決定——留她一命。

別人不懂，但桃曉燕懂。

她也是身居高位的人，坐在這個位置，保持威勢很重要。

此外，除了找補面子，她也相信司徒青染是真的想弄清楚她是什麼妖。

對一個驕傲的男人而言，他自傲的仙術踢到鐵板，是一定要想辦法找出原因的。

想通這一點，桃曉燕便有底氣了，臉上的笑容就更加燦爛了。

「國師大人真是個慈悲的仙人呢，呵呵呵……」

對面兩人臉色都很難看。果然妖就是妖，恬不知恥。

那笑容太刺眼，慕兒忍不住威脅一句。

「只是暫時不殺妳而已，可沒說要饒了妳。」

「是、是，我明白。」

不殺她卻用馬車送她回家？桃曉燕心裡門兒清，司徒青染在未弄清楚她的底細前是不會動她的，不僅如此，還特別禮遇她。

硬的不行，改用軟的，他這是想從她身上套出秘密，要馴服她呢。

她打死都不會說自己是穿越來的，她還要將計就計，一直吊著那男人的心。

知道自己性命無憂，又有個仙人可以玩玩，她心情大好，便好整以暇地掀開車簾，瞧瞧風景，不料卻瞧見了壯觀的一幕。

喲？街上百姓竟然對著這輛馬車跪下叩拜。

她故意一臉茫然地問：「這附近有人死了嗎？不然怎麼大夥兒都在叩拜呢？」

慕兒又要抓狂罵人了，被一旁的師姐離兒壓下，她看向桃曉燕，淡然道：「國師身分高貴，百姓景仰，見到國師的馬車，無不禮讓跪拜。」

桃曉燕一臉恍然大悟，接著又奇怪道：「可是國師不在馬車上呀，他們誠心想拜國師，卻拜到咱們，這怎麼好意思呢。」

不好意思？明明一臉得意，這個妖女！

離兒嘴角抽了抽，若不是國師有令在先，不然連她也想揍這個妖女，但國師交代她們不可動她，並且監視她，避免妖女逃跑。

她與師妹兩人侍奉國師多年，從沒見過有妖怪能在國師手下存活，就算活著也是受盡了束縛，因此離兒也十分不解，為何國師要她們護著妖女？

桃曉燕覺得好笑，兩位小女生的心思全寫在臉上，一臉防備，好似自己會吃了她們似的。

她故意激她們，明明氣極了，卻也不動她分毫，桃曉燕由此推斷，沒國師的命令，她們不敢動她。

桃曉燕知道自己安全無虞，還有保鑣護送，整個人都放鬆了，她現在只想回到桃家，好好地洗個舒服的澡。

馬車終於抵達桃府大門，桃曉燕下馬車時，左鄰右舍都在看——噢，不是，都在跪著呢。

她轉頭對慕兒和離兒說道：「他們跪我呢。」

慕兒憤怒。「他們不是跪妳，是跪咱們國師。」

「是是是，跪國師的馬、跪國師的車，這年頭，畜牲和木頭都比咱們做人吃香呢。」

慕兒氣得臉紅脖子粗，師姐離兒拉拉她，對她搖搖頭。

「師姐，這妖女太囂張了！」

「國師有令，咱們送她回桃家，不可生事，不可傷害她，既知她是妖，有何好計較的。」

「我看她不順眼！」

「國師自會處置她，毋須我們多事，我們只要做好國師交代的事就行了，明白嗎？」

慕兒努努嘴，一臉沒好氣。「知道了。」

守門的桃府小廝遠遠看到馬車往自家來，便去通報了。桃家眾人聽說大小姐回來了，一群人紛紛迎上來。

「大小姐，您可回來了！您再不回來，桃家就鬧翻天了。」

桃曉燕沈下臉。「怎麼回事？」

「老爺病了，二老爺來了。」

只是簡單的兩句話，桃曉燕便懂了。

她冷笑。「野貓以為主人不在，就想偷食了，走。」

當一群人簇擁著她走進去時，慕兒和離兒也互看一眼。

「師姐？」

「走，跟去看看。」

第三章

父輩擁有太大的公司和產業時，兒女就會發生爭權爭產一事。不管在古代或現代，人心總是一樣的，桃家也不例外。

桃家本就是商戶，到了桃謹言這一代，商鋪、田地大增，對權貴來說，或許不值一提，但對一般百姓而言，桃家富得流油。

財富太多時，就會有人想盡辦法奪財。

桃曉燕進入竹居時，見到的正是桃二伯，也就是桃謹言的二弟，一個眼高手低、成天想著桃家財產的臭傢伙，典型的敗家子無誤。

除了桃二伯，連族長都來了，眾人正圍在床前，床上躺的正是桃謹言。

桃曉燕美眸瞇了瞇，目光快速掃向所有人。桃二伯見到她，一點也不忌憚，甚至勾起不懷好意的笑，而族長見到她，卻是擰著眉頭，一臉嚴肅。

有時候不需要語言，一個眼神和表情足以透露很多事，尤其像她這種自小被家族培養，在商場上打滾許久的人，底下有上百個主管和上千個員工，若無識人之能，哪能坐穩總裁的位置？

族長才要開口說話，桃曉燕立即搶白道：「爹，女兒請了仙子來為您祈福治病了！」接著轉身出去，銳目一掃，盯準了慕兒和離兒兩人。

桃曉燕高聲命令。「這兩位仙子是國師派來的人，萬不可無禮，快去焚香備茶。」接著她走到兩人面前，以無比恭敬的態度對兩人福身。「請兩位仙子入內。」

聽到是國師派來的人，眾人皆驚，全用無比崇敬的目光看向貴人。

慕兒和離兒對桃曉燕突然轉變的態度感到奇怪，但她們是國師的人，代表國師的面子，不管是宮內貴人或其他大官見到她們，都要給幾分面子。

因此，當眾人對她們致以崇高的目光時，她們也覺得理所當然。

在族長等人驚異的目光下，桃曉燕領著兩位貴人進屋，對族長道：「這兩位仙子是國師派來的人。」

族長立即惶恐地躬身施禮，桃二伯父子也不得不彎腰，臉色十分難看。

眾人不明白，國師的人怎麼來了？對他們老百姓來說，國師就像天邊的月亮一樣遠，甚至比皇家更崇高，想都不敢想國師的人怎麼就來了桃家？

桃曉燕有她們兩人當神主牌，圍在床邊的眾人自動讓道，包括族長都得垂首恭敬地讓到一旁。

「爹，女兒回來了，國師的兩位弟子大駕光臨，她們長得像仙女似的，有她們在，爹一定會好起來的。」

原本閉目的桃謹言聞聲睜開雙眼，看了女兒一眼，他沒說話，只是虛弱地伸出手，桃曉燕立即握住他的手，向他保證。

「放心，有我。」

桃謹言盯著她一會兒，復又閉上。

安撫好爹，桃曉燕轉身對慕兒和離兒道：「多謝兩位仙子送民女回來，民女對國師的寬容十分感激，國師若有任何差遣，民女必當效力。」說著立即朝兩人福身跪下行大禮。

她這一跪，其他人也趕忙跪下。

眾人嘩啦啦地下跪，慕兒原本一肚子氣，這時候總算舒心了。這妖女還算識相。

她滿意道：「起來吧。」

桃曉燕率先起身。「多謝白衣仙子，這兒人多嘴雜，還請白衣仙子移駕廳堂，好讓民女招待。」

離兒淡然道：「不用了，咱們奉國師之命，送妳回來後，便要回了。」

桃曉燕等的就是這句話。

「是，感恩國師慈悲，還特地用國師的馬車送民女回來，民女銘感五內，恭送兩位仙子。」

慕兒和離兒轉身出了桃家，桃曉燕跟在後頭，一路送她們到前門，上了馬車，直到馬車離去，她還在原地目送，始終保持恭敬之姿。

慕兒放下車簾，哼道：「妖女先前還跩得很，最後還不是怕咱們。」

離兒搖搖頭。「妳呀，被人借了勢都不知道。」

慕兒疑惑地看向師姐，離兒笑道：「妳當她為什麼態度突然恭敬，那是做給別人看的，她坐咱們的馬車回來，左鄰右舍都瞧見了，她對咱們熱誠，別人還當她攀上咱們國師了呢。」

慕兒被這麼一點，又仔細一想，總算後知後覺地醒悟。

「好個狡詐的妖女，竟敢利用咱們，不行，我要回去罵她！」

離兒伸手拉住她。「坐好，別妄動，妳不好奇我當時為何不阻止？」

「為何？」

「因為國師不殺她，也不囚禁她，卻要咱們親自送她回桃家，臨行時，還交代咱們留著她，這意思便是要咱們護著她的命，不可有傷。」

慕兒不服氣道：「但這不代表她可以仗著咱們國師的勢呀。」

離兒搖搖頭。「妳傻呀，國師既然派了馬車送她回來，就代表國師不在意她仗不仗勢，甚至，國師這是在昭告世人，不可動她。」

慕兒聞言深思。「師姐，國師這是什麼意思？留著她何意？」

「國師自然另有打算，咱們照做就是了。」

慕兒一臉不甘心，但又沒辦法，她再衝動，也不敢違抗國師的命令。

「既如此，那就暫時留她吧，哼！我相信國師自會收拾她的。」

送走兩位白衣「神主牌」後，桃曉燕轉身回竹居，親自接待族長，並一臉感激涕零。

「感謝族長來關照我爹。」

族長總算有機會問出心中的疑惑，也是眾人的疑惑。

「妳這幾日去哪裡了？」

「去了國師府，做了兩日客，今日才回。」

「他們說……妳遇襲了？」

桃曉燕一臉誇張地問：「遇襲？誰說的？」

呵，故意把她遇襲的事傳出去，為了什麼？當然是毀她的清白。

古代女子若是沒了清白會尋死，可她是誰？她是現代人，什麼清不清白的，她不重視清譽，只重視商譽。

她是下一任桃家家主，如果她出事，對誰最有利？桃曉燕心下冷笑。

族長沒說是誰傳的，桃曉燕也不追問。

「族長也瞧見了，我人好好的在此，哪來的遇襲？怕是有心人見我兩日未回，便胡亂猜測造謠，安的是什麼心，您應該想得到。」

族長打量她，其實桃家這個女兒是做生意的能人，眾人有目共睹，全族子孫也靠桃家接濟許多。

本來桃謹言已經說好要讓桃曉燕接下家主的位置，雖然桃二的兒子也很優秀，但仍舊比不上桃曉燕，只是今日聽聞她出事了，族長重視桃氏一族的名譽，若是桃曉燕有個萬一……能接替她的，唯有桃二的兒子。

想來是桃二那兒出的詭計，陷害桃曉燕。

族長想到此，心中十分不滿。

這桃二也太會搞事了，又想到國師派人送桃曉燕回來，他心中已有計較，這一回是桃曉燕贏了，桃二成事不足、敗事有餘，不能倚靠。

「不必理會他人，妳無事便好，不過那國師……」

「國師的事，我不方便說，不過族長放心，對咱們桃家是好的。」桃曉燕故意賣了個關子。

事關國師，族長也不敢多問，遂點頭。「好，妳作主。」接下來族長又說了一些關心和鼓勵的話，得了桃曉燕的允諾，便帶著自己的人離開了。

待送走了族長，桃曉燕收起笑容，目光凌厲，對一旁的丫鬟命令。「叫桃堅過來。」

「是。」丫鬟立刻去找人，過了一會兒又急忙回來，還帶了個小廝，這小廝平日收了桃曉燕的好處，也是桃曉燕的眼線之一。

能被桃曉燕看上的小廝，都是頗有些伶俐的。

「大小姐，桃堅被發賣了。」

桃堅是桃謹言身邊的長隨，賣身契簽了終身，桃家之中能賣掉長隨的，只有桃家老爺和夫人，以及她桃曉燕。

她瞇細了眼。「誰賣的？」

「老爺賣的。」

「我爹？」

桃曉燕立即發現不對，她爹不可能平白無故發賣桃堅，也不可能不找她商量。

她冷笑。她爹病倒了，有人假冒他的令，將他的長隨給賣了。

「我娘呢？怎麼沒瞧見她？」

「自小姐失蹤後，夫人就病了，還躺著呢。」

桃員外和夫人都病了，桃家嫡長女失蹤，丫鬟回來求救沒請到救兵，長隨被發賣，桃家連個作主的人都沒有。

這種手段，桃曉燕太熟悉了。

有錢人家，尤其是大企業、大集團，有心人想搶位置，圖的就是一個機會、一個策略。

集團大老倒了，繼承人又失蹤，正是其他人奪權的機會。

桃曉燕突然想到什麼，立即命令。「備馬！」

她召集護院和打手，領著一批人策馬出了桃家。

這一趟，她是去清理門戶的。

當集團大老突然倒下，繼承人又不在時，這時候是「偽造文書」，將財產轉移的最好時機。

也幸虧她有一顆現代的商業頭腦，有錢人家裡，上自企業集團，下至大富人家，發生的事都大同小異，古今皆同。

她帶著人馬闖進商鋪，果不其然，她那些管事都被莫名辭掉了，印章是桃員外的，但蓋的人不是他。

桃曉燕當機立斷，這時還講什麼法，直接用武力鎮壓，將那些「見風轉舵」的「牆頭草」一一抓出來。

在政事上，這叫政變，放在集團裡，這也是一種政變。

桃二伯早就覬覦桃家的商鋪，不甘心桃員外挑了一個女兒當繼承人。

讓女人當家？桃家男人又不是死光了，他大哥腦子有問題，竟想把桃家偌大的產業交給年僅十六歲的桃曉燕。

桃二伯不甘心，他本以為大哥會從自己子姪裡挑一個傑出的繼承人，例如他的兒子。

沒了桃曉燕，二房的嫡長子就是最優秀的。

桃二父子一直在等待機會，當聽到桃曉燕失蹤的消息時，他們認為機不可失，先是他大嫂病倒了，接著他大哥也倒下了，桃二父子立刻乘機奪權。

平時沒事，看不出誰是忠心的，一旦上頭出了事，就能看出在這危急時刻，誰是忠貞不二，誰又是見風轉舵之人。

眾人頭一回見到桃家大小姐的雷霆手段，既狠又準，他們也頭一回意識到，桃員外為何堅持要讓這個女兒當繼承人，原來是因為這女兒有真本事。

桃曉燕雷厲風行地處置一干人等後，回到自己的屋子裡，總算鬆了口氣。

「泡杯茶來。」

「是。」

丫鬟歡快地去了，這一次，她們見識到大小姐的魄力了，真沒想到，大小姐比男人更可靠。

原本她們還擔心這回桃家慘了，想不到大小姐竟然一下子就鎮壓住場子，把桃家穩住，把所有事都搞定了。

桃曉燕見到僕人們看她的眼光和態度都不同了，以往只是敬她，這回多了畏懼。她心想，這也算是不幸中的大幸，藉著這次事件，好好整頓桃家，順便立立威，以後再也沒人敢反她了。

若是現代，哪有什麼女人不能當家的問題，古代就是麻煩。

端起熱茶，桃曉燕舒舒服服地啜了一口。

「咦？哪來的貓兒？」丫鬟低呼。

桃曉燕頓住，順著丫鬟指的方向轉頭一瞧，果然見到一隻貓在門邊，也不知從哪裡跑來的，正歪著頭看著她。

桃曉燕放下杯子，對丫鬟命令。「拿些小魚乾來。」

丫鬟拿來小魚乾，桃曉燕接過，逗弄貓兒。「來，過來吃。」

她本是一試，哪知那貓兒還真的乖乖地朝她走過來吃了。

桃曉燕挑了挑眉。喲，還挺有靈性的，懂得吃呢！

以前在現代，她也養過貓，與狗相比，她喜歡貓咪的安靜和優雅。

貓咪吃完了，用舌頭舔舔嘴，歪頭盯著她，兩顆眼珠又黑又亮，看起來十分可愛。

桃曉燕摸摸牠的頭，貓兒顯然很享受，喬了個姿勢，就窩在她的腳邊，也不走了。

桃曉燕可樂了，吩咐下人。「準備吃食和水，以後牠是本姑娘的寵物了。」

她笑咪咪地逗著貓兒，她的笑容映在貓咪黑如墨、點如星的眼睛裡。

透過貓咪的眼，司徒青染將她的一切看在眼中。

從她帶領一批手下，將帳本和地契全都搶來，並將一班人壓制，他全程都看見了。沒瞧見妖女作法害人，倒是瞧見她去找害她的人算帳，那算盤打得噼啪響，一個銅錢都不少，十足商人的架勢。

司徒青染正沈思著，此時門外手下來報。

「國師，公主府派人來通報，說公主中了毒，請國師去一趟。」

來人聲音平和，司徒青染聽得也很淡然。

公主對國師的心思，眾人皆知，只可惜國師對公主沒興趣。眾人都心知肚明，公主中毒有九成九是假的。

「回覆對方，本座忙著除妖，分不開身，派一位大夫去幫公主解毒。」

「是。」

司徒青染看著貓眼中的女人，忽然改口。「回來。」

將要離去的手下又折返。

「國師？」

「再派一個人放出消息，就說……本座忙於收妖，全副心思都在妖女身上。」

「遵命。」

公主府。

當公主聽聞宮人回報，氣得摔了杯子。

宮人們都噤聲，沒人敢在這時候去惹公主。

公主是京城第一美人，也是皇上最寵愛的女兒，身分貴重，可她一門心思都在國師身上。

想到他的無情，公主心情十分不好。她都說自己中毒了，他竟然只派個大夫來看她。

「叫他滾！」她氣得捶床。

宮女們可不敢對國師的弟子無禮，那可是國師，連皇上都要禮遇的仙人，她們連仙人的弟子都要敬畏三分。

宮女們互相擠眉弄眼，最後哄公主的重責大任，還是落在貼身宮女梅蘭的身上。

梅蘭能做到公主身邊的大宮女，自有她的一套。

「公主莫氣壞了身子，得不償失，仙人本就無心無情，公主又不是不知。」

公主的回答是又摔破一個花瓶。

梅蘭正愁著，這時候一名侍從來報，在梅蘭耳邊悄聲說了什麼，梅蘭一聽，臉色變了變，遣退其他人，來到公主床邊，對公主耳語一番。

公主聽聞，亦是臉色一變。

「妖女？當真？」

「咱們的人確實是這麼說的，人還在外頭跪著呢。」

「叫他進來。」

「是。」

梅蘭吩咐宮人，把送消息的人領了進來，來人一見公主，立即伏跪在地。

「奴才叩見公主殿下。」

此人是公主派去的探子，專門打探國師的消息，今日得了新消息，特來回報。

梅蘭道：「把你看到和聽到的，說給公主聽。」

「是。」探子便將國師抓了妖女後，又特地派了兩名弟子和馬車護送她回去的事，從頭到尾講給公主聽。

說起來這也不是什麼秘密，滿街百姓都瞧見國師的馬車穿街過市，這消息得來全不費功夫。

不過探子為了得到公主的犒賞，也為了討好公主，因此故意說得誇大些，明明是國師抓了妖女，可聽在公主耳中，就成了國師受妖女所惑。

公主可以容忍國師不喜歡自己，因為在本朝，還沒有任何一位女子能被國師看重，只因仙人無情。可是當有一個女子受到國師特別對待時，公主就不能忍了。

她甚至已經對那名女子起了殺意。

「派人去殺了她！」

梅蘭強壓下翻白眼的動作，她的主子雖然長得美，卻是個空有美貌而沒有腦袋的。

「公主，萬萬不可。」

國師既然派了弟子護送妖女回去，這就表示沒有國師的命令，不准動那個女人。若是公主貿然出手，惹怒國師不說，她是公主沒事，但她們這些做奴才的可就成了替罪羔羊。

她忙安撫公主。「國師身分高貴，怎麼可能對妖女動情，這其中肯定有原因，不如先弄清楚再說，免得惹怒國師，對公主更不利呀。」

公主這才打消殺人的念頭，畢竟她在乎國師，不想被他討厭。

「行，你們去把那個妖女抓來，讓本公主瞧瞧她長什麼樣子。」

只是抓人，不傷人，這總行了吧？

她不殺那女人，但她可以讓那女人痛苦，反正只要不死就行了。公主陰惻惻地笑了。

桃曉燕不知道自己才從司徒青染手中留下一條命，又被公主給盯上了。

隔天，她又被人用另一輛馬車給請去了。

同樣是寬大豪華的馬車，一點也不輸給國師那一輛，同樣的，街上的百姓瞧見這輛馬車，繞道的繞道，跪拜的跪拜。

桃曉燕從車窗外收回視線，打量眼前這些人。

有錢人家的嘴臉。

自恃身分地位的嘴臉。

什麼樣的主人，養什麼樣的下人。

國師有潔癖，連手下都自恃清高，而眼前這些人的衣著穿戴都彰顯富貴氣息，找她的必是達官貴人，就不知是哪位貴人找她？

無論是誰，都必然與國師有關，否則達官貴人如何會注意到她這個升斗小民？

當馬車進入公主府時，桃曉燕終於知道，原來找她的是一位公主，果真是達官貴人。

「民女拜見公主。」

古代真討厭，見個貴人都要跪拜。桃曉燕在心中腹誹，幸虧她有了經驗，偷偷在膝蓋上套了棉墊，省得雙腿受折騰。

「抬起頭來。」

上頭傳來女子高傲清冷的嗓音，桃曉燕依言抬起，當瞧見公主的真容時，她整個人都不好了。

因為，她認得這張討人厭的臉！

第四章

每個女人的一生，都有一個討人厭的競爭者。

桃曉燕也不例外，她最討厭的一個女人，就是王巧玲。

王巧玲是富二代，人長得也挺美，高學歷，家裡經營飯店餐飲。

身處上流社會，交往的也都是富家子弟，桃曉燕和王巧玲讀同一所高中，彼此都知道對方。

兩人背景相像，家裡都很有錢，長得也漂亮，個性都要強，自然而然就成了競爭者，兩人在學校成績都很優秀，身邊也圍繞著一群愛慕者，頗有種王不見王的架勢。

真正讓兩人的競爭關係浮上檯面的，還是因為家族企業。

王巧玲家裡是經營飯店的，桃曉燕家裡是做貿易進口的，本來兩方各賺各的，互不干涉，偏偏桃曉燕家裡突然跨業開了飯店，意圖分食這塊大餅，這就惹到王家了。

桃曉燕和王巧玲從此成了死敵。

兩人性子不合，說話不合，互看對方不順眼，兩家在生意上也是競爭得你死我活。

不過自從她穿到古代，在這裡生活了九年，王巧玲對她而言，已經是很久以前的記憶了，卻沒想到，此時此刻，她還會再見到這個女人。

公主的臉就是王巧玲，除了身上的衣服和頭上的髮型不同，活脫脫就是王巧玲穿上古代衣著的樣子。

大概是她盯人的樣子太放肆，惹得公主十分不高興。

「大膽妖女，竟敢直視本公主，把她的眼睛給挖了。」

桃曉燕震驚地瞪大眼，看向梅蘭，梅蘭亦是一臉震驚，看向公主。

公主冷眼警告。「還愣著做什麼！」

梅蘭咬牙，只能對桃曉燕遞去抱歉的一眼，心一狠，對宮人下令。「將她抓起來。」

桃曉燕本來跪在地上，突然站起身，二話不說，一腳就將走向她的一名僕婦踹了出去。

那僕婦被她這麼一踹，又將後頭兩人給撞倒，跌成了一團。

沒給其他人反應的時間，桃曉燕直接衝上前，一把勒住公主的脖子，拔下她頭上的髮釵，將尖柄對準她的眼睛。

「誰敢過來，我就戳她的眼！」

眾人吃驚。

其實不怪他們大意，因為他們從沒想過有人敢在公主面前放肆行凶，那些僕婦們平日仗著公主的威勢，也算是力氣大的，因此對桃曉燕這種姑娘家的力氣，一點也不看在眼裡。

一個姑娘怎麼可能敵得過兩、三名僕婦的力量？

誰知道，桃曉燕拚的不是力氣，是出其不意和反應速度，拚的是膽子大。

擒賊先擒王，她先制伏公主，果然其他人就不敢妄動了，一個個不敢置信地瞪著她。

公主也驚住了，無法相信這女人如此膽大包天，竟敢挾持她？

「妳好大的膽子，竟敢挾持本公主，妳不想活了?!」

正好相反，桃曉燕認為自己若要活，就得這麼做，她眼神幽幽地盯著公主。

「妳現在要擔心的是妳自己，試想一下，如果這雙眼瞎了，這張臉也毀了，妳以後還能當高高在上的公主嗎？」

「如果妳敢傷本公主一根汗毛，肯定叫妳五馬分屍！」

桃曉燕給她的答覆，是不客氣地往她頭上敲下去。

「妳、妳打我？」

「沒錯。」

「妳敢?!」

「我就敢！老娘早就想打妳了，既然要死，我就一次打夠本！」

她一連在公主頭上敲了好幾下，每一下都很實在，沒在放水的。

「我要殺了妳——噢唔！我要誅妳九族——哎喲——別、別打了，好疼！救命啊——」

「叫妳囂張、叫妳跋扈，敢威脅我？憑什麼我穿成民女，而妳就穿成了公主？還要我跪妳？馬的，我早就想揍妳了，看我不把妳打成豬頭！」

誰叫她長了一張王巧玲的臉，不管這女人是不是穿來的，先打再說。

當侍衛趕來救人時，看到的就是這幅奇景——一個女人抓著公主打，而公主被打得哇哇哭叫。

侍衛將這屋子內外包圍，令人插翅難飛，而桃曉燕早就豁出去了，死就死，死了說不定就可以回到二十一世紀了。

雖然她在古代也算過得風生水起，但如果可以，她還是喜歡科技進步的二十一世紀。

她想念免治馬桶、想念冷暖氣機、想念電腦網路和所有科技產品，還有她剛買的那架私人飛機，她才坐一次而已耶！

這個女權低下又該死落後的古代！她要回現代去！

侍衛舉起弓箭，瞄準她的眉心，射出一箭。

直到那支箭停在她額前三寸之處，她才發現它。

是的，停住。

那支箭就停在空中，箭尖直直地指著她的額心。

桃曉燕呆住了，以為自己眼花，箭怎麼可能停在空中不動呢？

她甚至懷疑，會不會從頭到尾這只是一場夢？

她甚至好奇地用手去摸那支箭，連公主趁她手鬆開時逃走，她都不在乎了，她只是盯著眼前這支浮在空中的箭。

「住手。」

男人冰冷的命令，令在場所有人全都跪下。

國師乃仙人，連皇上見到他都要起身相迎，他的出現，等同帝王親臨。

「國師！」公主哭喊。「這個妖女打我！」

司徒青染只是淡然地看了公主一眼，便將視線投向桃曉燕。

所有人都跪在他腳下，唯獨她，目光始終盯著那支箭，一臉的不敢置信。

他眯起眼，若不是他阻止，那支箭已經穿過她的額，貫穿到腦後了。

桃曉燕將那支箭握在手上，直到司徒青染來到她面前，她還在研究這支箭是否有什麼機關？

別人都跪著，唯獨她還站著，當別人不存在似的，一心研究手中的箭。

慕兒實在看不下去了。「國師在此，還不跪下！」

桃曉燕這才回過神來，轉頭看向他們，彷彿這時候才發現他們來了。

「你們剛才有沒有看到，這支箭停在空中？」

她的語氣和表情就好像在問：你們有沒有看到鬼？

慕兒不屑地哼了一聲。「若不是國師，妳早就死了！」

桃曉燕瞪大眼，看向司徒青染。「是你讓這支箭停在空中的？」

慕兒嗤笑。「廢話，不然妳以為是誰？」

桃曉燕愣愣地瞪大眼，接著目光大亮，突然走向司徒青染，雙腿跪地，一手拉著司徒青染的衣角，一手指著公主，哭著說：「師父，她欺負我，說要挖我的眼，真是嚇死我了，嗚嗚嗚——」

別以為只有公主可以告狀可以哭，她也可以告狀可以哭。

眾人錯愕，連公主驚得都忘了要罵人，慕兒和離兒也驚得目瞪口呆，唯獨司徒青染挑高了眉，低頭看著這個說哭就哭的女人。

妖女喊國師大人為師父？國師收了妖女做徒弟？

眾人不敢置信，他們看著妖女，又看向國師。

要知道，一隻妖想碰國師的衣角，難如登天，除非國師允許。

國師沒有否認，也沒有阻止妖女的接近，加上先前國師不殺妖女，還派人送妖女回家，現在又親自趕來，用法術救了妖女。

事實擺在眼前，如果她不是國師的徒弟，那麼國師對她的特別對待要如何解釋？若說她真是國師新收的徒弟，那麼就可以解釋這一切的匪夷所思了。

梅蘭和宮女們個個臉色蒼白。

公主想殺國師的徒弟，等於觸犯了國師，她是公主，有皇上保她，再怎麼樣也不會有性命之憂，頂罪的只會是她們這些奴才。

梅蘭後悔莫及，早知道就極力勸阻公主。回想自己過去一生，好不容易熬成公主身邊的一等貼身大宮女，現在卻要因為這個蠢公主而送命。

「這怎麼可能？」公主尖叫。「妳這個妖女，怎麼有資格當國師的徒弟！」

桃曉燕還在努力擠出更多淚水呢，聞言頓住，就這麼頓住的兩秒，她的腦袋已經轉了很多圈。

在現代能坐上企業總裁位置的她，思慮當然比一般人快很多，判斷形勢更是迅速。

其他人怎麼想不重要，司徒青染怎麼想才是關鍵。

關鍵是，司徒青染沒有否認。

沒否認不代表他真的要收她做徒弟，但起碼可以確定一件事，司徒青染肯定不爽公主。

上位者有上位者的思考，通常上位者最討厭他人干涉或是擅自做決定。

不管司徒青染要不要處置她，桃曉燕知道，公主擅自動她這件事，肯定犯了司徒青染的大忌。

基於這一點，桃曉燕底氣就足了。

哈！從以前到現在，她的男人緣一直比王巧玲好，這也是王巧玲恨她入骨的原因之一。

「有沒有資格是師父說了算，妳算哪根蔥，竟然不問國師大人，就擅自動他的徒弟，仙人的尊嚴豈是妳一介凡人可以輕易踩踏的？我就算犯錯，也是師父來處置，哪輪得到妳。」

公主氣極，恨不得殺了她。「妳不過是個低賤的妖女，本公主就不信今日動不了妳！」

梅蘭跪在原地，神情麻木，心已死，自家主子找死，奴才肯定活不了了。

「來人，把她給殺了！」

奴才都跪著，沒人敢動。

公主使喚不動人，更火大了，突然衝上前，從侍衛手上搶過劍，竟是要自己動手。

桃曉燕心裡對這位公主的蠢笨比了個讚，眼看對方提劍就要來砍她，桃曉燕算準了司徒青染會阻止，因為上位者的權威不容被挑戰。

直到公主那把劍插進她胸口時，桃曉燕整個人都懵了。

她低頭看著胸口那把劍，再抬頭看公主，連公主也懵了，再轉頭看向國師，他依然只是站在一旁，臉色淡然無情，彷彿事不關己。

桃曉燕心裡罵了句三字經。

她料錯了，這男人根本不在乎，他雖然沒有否認，但也沒有承認她是他的徒弟，他從頭到尾只是置身事外地看著。

刀劍入肉，沒有想像中的痛，只感覺一股涼意，似乎能量自身體一點一滴地流失。她倒在地上，看著天花板，身子漸漸麻木，失去了知覺。

人死一次已經很衰了，她還死了兩次，他馬的。

希望這次死去，她的靈魂可以穿回現代，她想念現代的免治馬桶、冷暖氣、３Ｃ科技產品，想念現代所有的一切……

她要回去！

「喵嗚——」

在失去意識之前，她聽見了貓叫聲，一隻貓兒來到她身邊，用臉頰蹭著她的臉龐，對她喵喵叫著，那是她新收養的那隻貓。

不枉費她餵牠，畜牲都比人好，起碼在她死前還會來送她。

她閉上眼，陷入一片黑暗中。

桃曉燕再次醒來時，發現自己在一個山洞裡。
奇怪，這是什麼鬼地方？
她好奇地一邊走，一邊打量，更奇怪的是，為什麼所有東西都那麼高，也那麼大？
直到她伸手想搆門把時，她僵住了。
這不是人手，這是一隻……貓掌?!
她被自己的手掌嚇到尖叫，接著又被自己的貓叫聲給嚇得跳高高，再接著又被自己的跳高高給嚇到再跳高高。
如果有鏡子，她就會瞧見一隻貓因為驚嚇而四處亂竄，加上歇斯底里的尖叫聲，而這隻貓正是她。
她的亂竄終止於一雙手將她抱在懷裡，男人溫柔的嗓音從上頭傳來。
「怎麼了？玲瓏。」
司徒青染兩手捧著貓，舉高打量牠。
他是被玲瓏的貓叫聲引來的。
玲瓏向來穩重，很少這麼激動，似乎是受了什麼刺激。

他盯著玲瓏，適才明明很激狂的貓兒，現在卻不動也不叫了，只是睜著一雙瞳孔放大的眼珠子，直直盯著他。

司徒青染見牠不動，便搖了搖牠的身子，玲瓏的身子便也晃了晃。

適才明明叫得十分淒厲，讓他以為玲瓏遭受了什麼攻擊，他仔細檢查，玲瓏身上並沒有什麼異樣，也沒有受傷，但瞧牠這張貓臉，分明是受到驚嚇的表情。

司徒青染瞇細了眼，直視的目光彷彿要看進牠的靈魂裡。

桃曉燕不敢動，一則她處在驚嚇中，二則她什麼都不能做，只能任由司徒青染打量她。

司徒青染盯了她一會兒，便喚慕兒來，將玲瓏交給她，吩咐幾句後，便轉身離開。

慕兒抱著玲瓏退下，一邊撫著玲瓏的貓毛，一邊笑道：「妳真是一隻受寵的貓兒，國師那麼愛潔淨的人，都不嫌棄妳呢。」

桃曉燕想死的心都有了，沒想到自己穿成了一隻貓，她寧可再做回桃曉燕，畢竟活在古代，也比當一隻貓好啊！

「咦？很沒精神呢，是玩累了嗎？」

是靈魂已死。桃曉燕連掙扎的意願都沒了。

「看來真是玩太累了，難怪國師說妳今日特別瘋呢。」

她不想回答，回答也沒用，她現在無法說人話了。

話雖如此，但是當她被放在溫水裡，有專人給她洗澡、幫她按摩時，她終於舒服地睜開了眼睛。

「輕一點，可別弄疼了玲瓏，不然國師會不高興的。」

「是，慕兒師姐。」

桃曉燕眨了眨眼睛，只不過幫一隻貓洗澡，就要出動三個人？

還有，一隻貓洗澡，用的竟是浴池？專有的浴池？

洗完澡，有專人幫忙擦乾、梳毛、剪指甲，完全不用她自己動手，她只需躺在那裡任人伺候就行了。

好舒服……但那又如何？誰想當一隻貓啊，還是做人好！

「咦？今天玲瓏好像沒精神呢？」

「該不會是生病了吧？」

「快去稟報慕兒師姐。」

沒多久，慕兒來了，同時還領了另一個人過來，這人也不知是誰，他先是看看桃曉燕的眼睛，再看看她的耳朵，還翻翻她的肚子。

這些桃曉燕都可以忍，但她絕對忍不了有人動她的「禁地」，就算變成一隻貓，她大小姐的脾氣還在，氣得她伸出貓爪抓了那人一下。

「喵嗷！」不准摸我屁屁！

那人被她這麼一抓，手背上多了三道血痕。

她全神戒備，等著那人發火，若是敢再對她動手動腳，她就給他好看！

「玲瓏大人息怒，小的不是故意的，小的知錯了！」

那人伏跪在地，一副闖了大禍的害怕模樣。

桃曉燕呆了呆，尚未搞清楚這是怎麼回事時，慕兒匆匆趕了過來，一臉肅容指責。

「怎麼回事？你是不是弄疼了玲瓏？」

對方戰戰兢兢，不停地磕頭賠罪。

慕兒揮手示意。「既然玲瓏不喜，你下去領罰吧，換另一個人過來。」

待對方退下後，慕兒換上另一張溫柔的表情。「玲瓏乖，別生氣哪。來，吃這個消消氣。」說著便遞上一塊肉乾到她嘴前。

桃曉燕想說不吃貓飼料，可當她聞到那塊肉乾的香味時，或許是本能反應，她忍不住張開嘴，一口咬住了肉乾。

「……」好吃！

肉乾的美味，讓她整個人好像活過來了。

「喵嗚。」我還要吃！

慕兒會意，又拿了一塊肉乾遞到她嘴前。

「玲瓏別吃太多，免得晚膳吃不下，今日的晚膳有妳最愛吃的魚喔。」

原來這肉乾只是零嘴，不知晚膳味道如何？

吃了兩塊美味的肉乾，桃曉燕的心情好多了，起碼不像先前要死不活的。

她原以為先前的伺候已經是盡頭了，誰知道更好的在後頭。

她有專門的坐墊、專門的桌子、專門的碗，同樣的還有專人伺候她進食。

當膳食送上來時，她整個人都精神了。

鮮美的魚香撲鼻而來，魚肉都是剔了魚骨的，用精緻的瓷盤盛裝著。

這貓的待遇比人還好，根本當公主伺候似的！

「慕兒師姐，玲瓏好像恢復精神了呢。」

「喵嗚～～」沒錯，本小姐心情好一點了。

慕兒拿起木梳，溫柔地為玲瓏順毛。「那就好，要是玲瓏小祖宗有個閃失，國師會不高興的。」

咦？原來那廝喜歡貓啊，真看不出來。

桃曉燕被人服侍洗澡、吹毛髮、按摩，簡直就是古代版的美容SPA，讓她舒服得伸了個懶腰，任由慕兒將她抱起來，她睏得打呵欠，在慕兒懷裡喬了個舒服的姿勢。

看不出慕兒這女孩平日恰北北的，對待貓兒卻很溫柔。桃曉燕很享受她的撫摸，唯一的缺點就是胸部不夠大，當枕頭還少了點彈性。

桃曉燕閉眼打呼嚕，決定先睡個午覺，隨便她要帶自己去哪裡。

沒多久，聽得慕兒恭敬的聲音。

「國師，玲瓏打理好了。」

「進來。」

桃曉燕原本還睏倦，聞言突然就醒了。

她轉頭掃視，視線隨著掀起的布幔，瞧見窗邊臥榻上的男子。

他長髮披肩，身上穿著寬鬆的罩衫，手裡拿著書卷，垂目閱著，看似也是剛梳洗過。

四個字，秀色可餐。

桃曉燕聽見了劇烈的心跳聲，她仰頭看向慕兒，她面色恭敬，外表不如內心劇烈。

呵，丫頭也挺會裝的，明明小鹿亂撞，也要裝得一副不假辭色。

古代人都很ㄍㄧㄥ啊，還是現代好，想到此，她忍不住又嘆了口氣。

慕兒將玲瓏放在榻邊，接著便後退一步，恭敬地垂目立著。

桃曉燕好奇地打量這間屋子，國師的屋子看起來很簡樸嘛，她還以為會看到什麼法寶呢。

咦？她好像嗅到了一種詭譎的氛圍，她一抬頭，就發現司徒青染正盯著她瞧。

怎麼了？

司徒青染打量玲瓏，輕聲問：「給獸醫看過了？」

「看過了，獸醫說牠沒事。」

「既然沒事，牠為何不動？」

桃曉燕聞言莫名其妙，不動是何意？要翻跟斗才算正常嗎？她可不幹這種事。

慕兒也覺得奇怪。「這……適才牠還喵喵叫，似乎十分歡喜呢。」

「也罷，沒事了，退下吧。」

「是。」

慕兒恭敬地退出屋子，待屋內只剩一人一貓時，司徒青染對她開口。

「玲瓏，過來。」

切！誰理你！

桃曉燕回他一個不屑的眼神，要不是他，她怎麼會變成一隻貓？這筆帳都還沒跟他算呢。

「玲瓏。」

男人側臥在榻，一手撐腮，身形迷人慵懶，嗓音略帶磁性。

桃曉燕盯著他唇邊勾起的微笑，因為側躺，男人胸前的衣襟微敞，能看出結實的胸膛。

真是迷人的小妖精。

好吧，這個便宜不占白不占，反正她是貓嘛，是他自己送上門的喔！

她走向他，窩進他懷裡，貓掌直接巴上他的胸。

「喵嗚～～」不錯，很結實，也很有料。

司徒青染摟住她，撫摸她身上的毛，令她舒服得都要起雞皮疙瘩了。

原來順著摸毛有種催眠的效果，就在她睏倦得快要睡著時，突然有人來報。

「國師，藥送來了。」

司徒青染放開玲瓏，起身下了榻，清冷命令。

「拿進來。」

「是。」

來人垂首入屋，單膝跪地，雙手奉上一個盒子。

司徒青染接過，打開盒子檢視了下，丹藥有三顆，純色無雜。

他點點頭。「這顆保命丹煉得很好，去庫房領賞。」

「多謝國師。」來人垂首退出屋。

司徒青染拿著丹藥朝屋外走去，桃曉燕一時好奇，便立即跟著他，直至跟到一處山洞。

洞外有人守著，見到司徒青染，兩人立即恭敬行禮，而跟在他後頭的桃小貓，自然也很順利地進入洞中。

這是一個天然的石洞，裡頭有許多鐘乳石，順著甬道，沒多久，司徒青染停在一張石床前。

從桃小貓的視角看去，看不到石床上有什麼，因此她直接跳上石床。
石床上躺了一個女人，她好奇地接近，想看個仔細。
她認出那張臉，是她，桃曉燕！

第五章

桃曉燕頭一次從他人視角看自己的臉。

她就躺在這裡，原以為自己會死得很難看，可看起來卻只像睡著了似的。

她是桃家大小姐，如果她死了，遺體應該要歸還桃家才對，而不是放在這個山洞裡，躺在石床上，身上只蓋著一塊布。

她狐疑地瞟向司徒青染，他就站在石床前盯著她。

她人都死了，他還想幹麼？

說起來她會死，也是因為這傢伙見死不救，竟然眼睜睜看著公主拿刀刺她。

如果不是他事先露了一手空中停箭，讓她誤以為他會保護她，否則她怎麼會傻傻地站在那裡不躲，白白讓那個死丫頭砍死自己。

國師有什麼了不起？成仙又如何？沒心沒肺沒血沒淚的無情男人，她真是瞎了眼才會以為他會救她。

她在商場上，什麼人沒見過，這還是第一次錯判一個人。她以為這男人對她有所求，肯定會保她的命，結果是她太自負了，人家根本不把她當回事。

若再給她一次復活的機會，她絕不會再相信這個臭小子！

桃曉燕狠狠瞪著他，見他站在石床前，竟然伸手要去碰她的身子，她想也沒想，火大地伸出貓掌，拍開他的手。

不准碰！臭小子！

司徒青染詫異，手背上多了三道被貓爪抓出的紅痕。

他緩緩看向她，目光幽冷。

桃曉燕被他盯得驚住，差點忘了，她現在只是一隻貓，再想到他的能力，他要捏死她，只是動動手指的事。

「喵嗚～～」她趕緊睜大無辜的圓眼，撒嬌賣萌。

幸好，司徒青染只是給予眼神警告，沒有真的跟她計較。他收回幽冷的目光，繼續盯著石床上的女人，她面容祥和，彷彿睡著一般。

他伸出大掌，貼在她的胸部上。

桃曉燕貓掌動了動，最後沒敢伸出爪子，只能在心裡罵他禽獸。

這男人神經病，活生生的女人不要，偏要死的，雖然她長得不錯，可是論姿色，他身邊的白衣女子個個面貌姣好，就拿慕兒和離兒來說，都是一等一的大美人。

真沒想到她有生之年居然會遭男人姦屍，這男人還是人人覬覦的國師。

人不可貌相啊……啊，他真的脫她的衣服，簡直禽獸不如……咦？他在幹什麼？

她發現這男人並不是在摸她的胸部，而是在……幫她敷藥？

她的劍傷在胸口，男人的大掌覆在她的傷口上，將一種綠色的糊狀汁液敷在她的傷處，並且慢慢按揉，綠色汁液就慢慢浸入她的身體裡。

桃曉燕不自覺也摸著自己的胸口，奇了，怪舒服的。

她驚訝地發現，被塗抹的地方，傷口竟然變小了。

她的身體還在呼吸。

原來她沒死！

桃曉燕明白了，這就是為何她的靈魂還在此的原因，因為她沒死，她的靈魂只是離開身體罷了。

她擰眉，這男人想做什麼？當時眼睜睜看著公主拿刀刺她，現在又要救她？

把藥汁塗抹在桃曉燕傷口處後，司徒青染便轉身要離開，但他才跨出一步，便身形頓住，回頭瞧去。

玲瓏正用牠的貓掌在女人身上摸呀踩的，甚至乾脆坐在女人的肚子上。

「玲瓏，過來。」

桃曉燕看向司徒青染，他在等她。

她頓了頓，跳下石床，貓步走向司徒青染，在他腳邊磨蹭。

「喵嗚～～」再度睜著圓圓的大眼睛，賣萌裝無辜。

司徒青染轉身離開，她便跟在他後頭。

適才她嘗試過，無法回到桃曉燕的身體裡，況且那具身體受傷了，若她此時回到身體裡，不就得忍受疼痛？

不不不，還是暫時當隻貓好了，因為這隻叫玲瓏的貓實在太享福了，比人過得還舒服，她暫且忍忍，既然司徒青染要治她的身體，她就等吧。

很明顯玲瓏是這男人的寵物，在這裡，眾人對她完全不設防，既然如此，她就盡情享受眾人的服侍吧。

司徒青染回到屋子裡，聽著下人的彙報。

照例，當晚膳送來時，果然很豐盛！

她的貓碗用的是瓷盤，瓷器在大靖朝可是個奢侈品啊！一般百姓用的是陶土做的碗盤，而桃家因為經商，因此才能買得起各種瓷製品。

這個司徒青染，居然給一隻貓用瓷盤吃飯，真是幹得好。

桃曉燕享受著豐盛美味的一餐，卻發現司徒青染拿著酒杯的手頓住，目光落在她身上。

她還奇怪他盯著她幹麼，這才想到，自己一時習慣使然，用兩隻貓爪抓湯匙。

她想了想貓狗都是怎麼吃飯的，對了，直接用嘴，切！用嘴就用嘴，省了髒了她的手。

把湯匙丟一邊，低下頭，伸出舌頭去舔湯。

司徒青染這才收回疑惑的目光，命人去換新的湯匙過來。

玲瓏似乎變得有些頑皮，他曾經懷疑有妖怪附在玲瓏身上，但是經他的法力探測，玲瓏身上並無妖氣。

他的屋子四周都設了陣法，妖魔不侵，只要有任何一隻妖想闖入，掛在玲瓏脖子上的妖鈴就會大作。

他搖搖頭，是他想多了，玲瓏身上有他的氣息，照理說妖魔聞到他的氣息，亦不敢對玲瓏如何。

酒足飯飽後，果然又有專人伺候，幫她擦嘴、擦手，還刷牙！

將她打理得乾乾淨淨後，便又將她抱回司徒青染的屋子裡。

窩在舒服柔軟的墊子上，桃曉燕伸出貓掌，習慣性地用舌頭舔舔，然後習慣性地要用貓掌去抹臉……打住！好險，差點就用自己的口水去擦臉！

司徒青染呢？

她好奇四處打量，沒瞧見人，但敏銳的貓耳卻聽到了水聲。是從隔壁浴房傳來的。

司徒青染雖然可以用淨身術將身子打理乾淨，但他有人身，依然還是很享受用淨水洗浴的習慣。

只不過……

司徒青染看向趴在浴池邊那張圓圓的貓臉，張著又圓又大的眼睛盯著他。為什麼他感覺玲瓏的目光比平日更加雪亮？

司徒青染手肘靠著浴池邊，支著側臉，勾起性感的嘴角。

「玲瓏，妳也想進來泡澡嗎？」

貓不喜歡水，玲瓏也不例外，所以在他洗浴時，玲瓏從不進來，但今日牠卻闖了進來，所以他有此一問。當然，只是隨意的玩笑，不是認真的。

撲通一聲，玲瓏跳進浴池裡，濺了他一臉水。

「……」這傢伙最近似乎變得很沒規矩，以往不曾如此放肆。

他抹去臉上的水，沈下臉。「玲瓏，妳越來越大膽了。」

玲瓏懂得看人臉色，也很乖巧沈穩，不過能被他看上當成靈寵，是因為牠有靈性。

有靈性的動物，才能在他座下一起修行。

以往，只要他沈下臉色，玲瓏便不敢再造次，但這一回，牠不但不收斂，還游到他懷裡。

「喵嗚～～」泡澡真舒服啊，如果再加些精油就更好了。

她把貓下巴枕在他的胸口上，舒服地閉上眼，哪管他臉色好不好。

司徒青染手指動了動，最後打消把牠丟出浴池的衝動。

不知為什麼，見玲瓏一臉享受的樣子，他就覺得很有趣……好吧，就讓牠放肆一次吧。

平時其他人見到他，總是畢恭畢敬、戰戰兢兢，身為國師的他，也必須自持身分，保持威嚴。

因此他的居所，不喜任何人來，除了他的靈寵玲瓏。

玲瓏只是一隻貓，因此在玲瓏面前，他可以放鬆自己，露出最慵懶無害的一面，同樣的，他自是允許玲瓏些許的放肆，只要不太過分——唔！

他身子僵住，只因玲瓏正用舌頭舔著他胸口的紅櫻。

美男在前，有便宜不占白不占，桃小貓便乘機去舔他結實的胸膛，微妙地察覺到肌膚泛起雞皮疙瘩。

喲，原來他的胸口這麼敏感，值得開發。

她繼續舔。

一股電流竄過，司徒青染禁不住刺激而顫抖了下，立即將玲瓏推開。

「不准舔！」

別這樣呀帥哥，你明明很舒服的。

她不死心，貓臉被擋，便伸出貓掌，揉一揉美男胸前凸起的粉紅小豆豆。

司徒青染手一抬，以拋物線的弧度，將牠丟出浴房門外。

「喵嗷嗷——」啊啊啊——

所以說，處男什麼的最討厭了。

昨天被丟出去的桃小貓，今日很不高興地擺臉色給司徒青染看。

早膳一樣用高檔的餐具、高檔的食材，她吃完後，拍拍屁股走人。

「咦？玲瓏今日又不開心了？」

負責關照玲瓏吃食及清潔的慕兒，正用木梳在幫玲瓏順毛。

桃小貓現在的表情，用現代的話來形容，叫做「屎面」。

幸虧她是隻貓，不然被人丟高高，落地時不摔死才怪，雖然她當時反射神經快速，但在落地時，因為不熟練還是稍微扭了下，到現在腳還疼著呢。

慕兒一邊為她順毛，一邊逗她。

「我的小祖宗，別不開心，不然國師大人瞧見了，還以為咱們虧待妳呢。」

桃小貓瞟她一眼，想了想，把頭往她胸口上蹭了蹭，撒嬌示好，果然見到這丫頭開心極了。

她對慕兒印象不錯，雖然她傲嬌了點，也有點恰北北，但她看得出來，慕兒這丫頭性子直接也單純，而且把她伺候得很舒服，所以桃小貓挺中意她。

唯一的缺點就是胸部小了點，蹭起來沒多少肉。

吃胖點啊丫頭，拳腳是武器，女人的胸部也是武器啊。

突然，桃曉燕感到一陣暈眩，她心驚，為什麼會有一種好像要被拉走的感覺？

「咦？玲瓏，妳怎麼了？」

「喵嗷嗷～～」我也想知道我這是怎麼了？

「玲瓏？玲瓏？」

叫也沒用，快去找獸醫啊！

桃曉燕陷入了黑暗中，整個人感覺都不好了，雙腳搆不著地，雙手抓不到東西，就像飄移在宇宙中，伸手不見五指，只看得到一點星光……

光？有光！她彷彿找到明燈引路一般，欣喜地朝光亮處移去。

那光亮彷彿有吸引力似的，感應到她，也在牽引她，最後把她吸入到光裡。

桃曉燕再度睜開眼睛時，只覺得頭重腳重身體重，這一次不知道自己是穿到哪裡了？

待她覺得四肢恢復感覺，手可以動時，她抬起手盯著。

五根手指頭，是人手……Good！

再瞧瞧四周的環境，有點熟悉，好像在哪兒看過這個山洞？

「醒了？」

她愣住，目光往一旁移，對上男人的眼，就見司徒青染正淡然看著她。

「……」她穿回桃曉燕的身體裡了。

好吧，當人總比當貓好，問題是……

「疼！」

她痛呼一聲，因為想起身，不小心牽動傷口，疼得她都想哭了！

「妳的傷還沒完全好，勸妳最好別亂動。」

她沒好氣地瞪他。「說得容易，我總要上廁所吧？」

他擰眉，想了想。「妳是說上茅房？」

「是啊。」

他點點頭。「這倒是。」

是什麼是？廁所在哪裡？

「你過來扶我一下。」她說得太自然，令司徒青染挑了挑眉。

「妳好大的膽子，敢支使本座？」

她就敢。「我今天會變成這樣，還不是因為你見死不救。」

他冷笑。「本座若沒救妳，妳現在會好好的躺在這裡？」

呵，這事若擱在現代，桃曉燕已經找人把這廝五花大綁，讓人砍他一刀，然後再找醫生救他，也讓他嘗嘗生不如死的滋味。

可惜這裡是古代，他有權有勢有法術，她無權無勢，還是那隻被他輕易就能捏死的螻蟻。

沒關係，她能屈能伸。

「我自己起來，不用你扶。」她忍著痛苦，努力撐起自己的身體，蓋在身上用以遮蔽的薄毯就在這時滑了下來。

上半身的春光，就這麼毫無預警地露在外頭。

說真的，若是個男人，看到女人光不溜丟的裸體，多少會有點反應吧？

可司徒青染見到她的裸體，不但不驚，還面無表情，彷彿他看到的不是女人的身體，而是一具屍體。

桃曉燕還附在玲瓏身上時，就已經知道自己上半身沒穿衣物，大概是為了方便抹藥，所以只用一層薄毯覆蓋上半身。

她藉由坐起身，讓薄毯滑下來，結果男人半點不好意思都沒有。

看來，他親自為她抹藥，並不是真的對她有色心，只是為了方便而已。

證實了這一點，桃曉燕知道美人計無效，遂也大方地任他看，連遮都懶得遮了。

人家對她的裸體沒興趣，遮了也是矯情，多此一舉。

「你救我，必是因為我身上有你需要的，所以你不讓我死，既然我對你有利用價值，那就讓我舒服一點，這樣才康復得快，不是嗎？」

她懶得跟他繞彎了，談判桌上明講，才好談價碼，對付這種冷心冷肺的男人，美色無用，那就談條件。

直到此時，司徒青染才終於正眼打量這個女人。

各色美人，他見得多了，仙路漫長，唯有不動心、不動情，才能成就仙道。

若他能輕易動心的話，哪能修到今日的成果，被大靖皇朝奉為一國之師？

這女人有一點讓他欣賞，就是聰明，不矯情造作，識時務，懂得利用自己的長處。

確實，她身上有他需要的，所以他也不繞彎子了。

「行，會有人來伺候妳，等著。」

他站起身，轉身出去，卻又頓住，回頭看了她一眼。

「把身子遮著。」

桃曉燕挑挑眉，見他遞來的警告眼神，她便識相地用薄毯裹住自己的身體。

嘖，不在乎看她的身體，卻在乎別人看他的眼光。

天下男人都一樣，死要面子。

司徒青染在前頭喚人，沒多久，一名白衣女子進來了。

「參見國師。」

「伺候她。」丟下這句命令，司徒青染出了洞門。

白衣女子來到床前，只是看著她，並未有所動作。

「我要上茅房。」桃曉燕直話直說，見白衣女子擰眉，一臉嫌惡。

沒有她幫忙，桃曉燕覺得自己行動有點困難，她也不跟對方囉嗦。

「師父說了，要妳伺候我，若妳不願，就去跟師父說，換個願意的來。」

桃曉燕可不是好欺負的人，她有的是方法整治這些高傲的人，敢給她擺臉色，哼！

果然，對方聽了面色有異，大概也聽聞被國師帶回來醫治的人絕對不是普通人，因此白衣女子只得收斂脾氣，上前去扶她。

這些人平時站在高處，用鼻孔看人，除了心高氣傲，其實很缺乏社會歷練，心思哪裡鬥得過在商場上摸滾帶爬的桃曉燕？

那男人雖然冷漠，不過既然答應了，倒是十分守信，把她從山頂洞人的住處，移到了雕梁畫棟的房間。

有專人伺候，送藥、抹藥、喝藥，吃喝拉撒都有人顧。

桃曉燕總算過上跟玲瓏同樣待遇的日子，而那些進進出出的白衣女子，大概都知道國師的命令，加上她口口聲聲喊司徒青染為師父，無人再敢對她擺臉色，好吃好喝地供著她。

也不知道司徒青染給她抹了什麼藥，胸口的傷處復原得很快，除了前三日的疼痛，到了第四日就好了許多。

到了第七日，新肉已經長了出來。

第十日，完全看不出傷痕。

連續十天都不知死去哪裡的人，到了第十一日終於出現了。

「傷勢如何？」司徒青染問。

她摸著胸口，面色有些虛弱。「還有些疼，可能要再抹個十日。」

「喔？我瞧瞧。」

「這怎麼行，你我男女有別，還是別瞧了。」她悄悄退後，一副為難的樣子。

司徒青染卻懶得跟她囉嗦，她不來，他便上前抓她，將她拉過來。

桃曉燕跌進他懷裡，哎呀一聲，抬頭拋給他一個狐媚的眼神。

「你明明對我的裸體沒興趣，該不會是裝的吧？」

他冷眼看她。「妳是要自己脫，還是要我親自動手？」

桃曉燕努努嘴。「行了，放開。」

他這才鬆開手。

她知道瞞不過，便當著他的面，沒好氣地脫下外衣，露出裡頭的肌膚。

劍傷早就好了七、八成，新長出的皮膚呈現淡淡的粉紅色，如初生嬰兒的肌膚一般。

他見傷勢已復原，疑惑地問：「為何欺瞞？」

桃曉燕眼神立即亮了。「這藥太神了啊，居然能讓肌膚再生，可不可以給我十罐——不，二十罐好了，或是你開個價，我買！」

司徒青染恍然大悟，原來是想要這藥膏。

「行，不過，妳得聽我差遣。」

她愣住，一臉防備地看他。「你要我做什麼？我沒法術，無法幫你捉妖，我的拳腳功夫也不行，無法幫你殺人放火，還有，我不賣身的喔。」

司徒青染勾起唇角，一臉笑咪咪。「放心，我手下有人，殺人放火還輪不到妳，就妳這貨色，賣身也賣不了多少錢。」

桃曉燕大大鬆了口氣，拍拍胸口，接著討好地問：「不殺人，不賣身，就不知閣下想要我做什麼呢？」

「妳等會兒就知道了，把衣服穿好，隨我來。」語畢，他轉身出屋。

桃曉燕在他身後做了個鬼臉，把衣物穿戴整齊後，便也出了屋子。

兩人在屋中都是一副精明商人的嘴臉，可一出了屋門，便收起所有的表情。走在前頭的司徒青染恢復了疏冷威嚴，跟在後頭的桃曉燕則是恭敬乖巧。看在沿途的眾人眼裡，彷彿他倆真是一對師徒。

第六章

桃曉燕知道司徒青染對她有所求，不求她的色，不求她的財，但求她的……她的……靠！

說到這個，桃曉燕就有一肚子火，搞了半天，他是要研究她。

驕傲如他，不允許自己在妖魔面前有弱點，因此遇到她這個特別的妖，他要尋求破解之術。

因此，說白了，她是他實驗室裡的白老鼠。

「把這個喝了。」他命令。

「這是什麼？」她問。

「放心，不是毒藥。」

她當然知道這不是毒藥，他若要殺她，毋須多此一舉。

在他的命令下，她只好喝下這不知名的飲品。

有點鹹，有點辣，還有點腥。

「真難喝。」她說。
他只是盯著她，什麼都沒說。
桃曉燕被他盯得莫名其妙。
「怎麼了？」
「這是蝕丹散，能將妖怪的內丹化去。」每個妖怪都有一個內丹，這個內丹是妖怪的生命力，只要妖怪的內丹還在，就算身體死了，內丹不滅，妖怪依然可以想辦法復生。
桃曉燕不是妖，沒有內丹，所以這瓶蝕丹散對她無用，卻可以讓她拉三天肚子，這就是她一肚子火的原因。
司徒青染把所有伏妖的法寶，都在她身上用一遍。
伏妖水，不會讓她溶化，但會讓她皮膚過敏，發癢三天。
伏妖繩，套在她脖子上，讓她戴了三天，什麼事都沒發生，反而是繩子勾到東西，差點沒把她勒死。
伏妖壺，據說能吸納妖魔之魂，她的魂沒被吸進去，卻被壺裡的妖怪叫聲吵到睡眠不足。

這些她還能忍受，最無法忍受的是，他給她吃各種奇奇怪怪的東西，因此才會發生蝕丹散讓她拉肚子的事件。

不管在古代或現代，桃曉燕都在錦衣玉食的生活環境下長大，何曾嘗過這種苦？她可以忍受嘲諷、忍受明爭暗鬥，卻受不了身體的折磨。

當司徒青染又拿來一顆黑色的丹藥時，她直接拒絕。

「不吃！」她大聲抗議。

他冷然命令。「吃下去。」

她扠起腰。「不吃就不吃！」一副你能耐我何的模樣。

「不吃的話，我留妳何用？」

「我也看開了，你就是要慢慢整死我，反正都是死，我何必被折磨至死，不如痛快的死。」

他瞇細了眼，警告道：「別以為我不敢殺妳。」

「你乾脆直接用法術收了我算了！」

他冷道：「我的法術對妳無用。」

桃曉燕更氣了，就因為法術無用，所以慢慢折磨她嗎？她是傻子才繼續當他的白老鼠。

「反正我不吃，要麼你就殺了我，要麼就——」她突然頓住。

司徒青染沒等到下面的話，擰眉。「就什麼？」

她直直盯住他，突然衝向前，將他撲倒在地，整個人坐在他身上，居高臨下地睥睨他。

哈，她真是笨！既然他的法術對她無用，她怕他做啥？

司徒青染躺在地上，倒沒想到這女人竟敢如此放肆，還真是不要命了。

「起來。」他命令。

「哼，我不起來，你又如何？」

「妳要是敢不起來，本座——唔！」

他變了臉，因為她的雙手在他胳肢窩搔癢。

他可以忍痛，可以忍受折磨，但忍不了癢。

「住手！」

他去抓她的手，但她早有防備。要知道，她老爸有很多小老婆，所以孩子也多，小孩多就容易打架。

她不會妖術，但她會打架，打不過就搔對方的癢，對方再厲害，一搔癢就全破功。

「住──哈哈──住手──」

好不容易一個翻身，他將她壓在身下，抓住這雙手，氣極敗壞地瞪著她。

這個放肆的女人，性子野又無禮，簡直像隻野貓似的。

桃曉燕終究是女人，拚不過男人的力氣，司徒青染也是一時大意，才會一時被她占上風。

他臉色難看，眼中殺意顯現。

「妳──」

「你殺了我吧！」她大哭。「與其被你這麼折磨，不如死了算了，那些東西難吃又噁心，害我上吐下瀉，白天難受，晚上睡不好，日夜煎熬，人不像人，鬼不像鬼的，與其活得這麼痛苦，我不如死了去投胎！」

她是真哭，哭得眼淚鼻涕齊流，毫無形象。

她也是真委屈，堂堂一個企業總裁，被一群男人如天上星月般捧著、討好著，卻淪落到女權低下的古代，好不容易成為桃家接班人，還是被一群男人踩著。

先是那些想搶桃家產業的男人，接著是這個想收妖的國師。不管她怎麼努力，這些人就是不讓她好過，她這是招誰惹誰了？

管你是皇帝、國師還是師哥，在她眼中就是個屁！

司徒青染冷著臉，瞪著她，有些沒好氣。他本來氣得想殺了她，畢竟有哪個妖怪敢如此放肆，竟然搔他癢？

從小到大他見過無數妖怪，為了打贏妖怪，他必須勤練法術，蒐集各種伏妖的法寶。

他四歲時就被師父發現有仙根，收他為徒。仙凡有別，他自此與家人斷離，走上仙道一途。

成仙之路漫長，他沒有家人、沒有朋友，只有師父，師父走了之後，只剩他一個人。

他來到大靖朝，因為收妖，一戰成名，而他謫仙般的氣度，讓人奉為仙人，求他收徒的人紛至沓來。

他有了自己的手下，有了名聲，最後驚動了皇帝，奉他為國師。

有了國師之名，權貴敬他，百姓畏他，他們視他為仙，對他膜拜禮敬。

一直以來，他也維持著仙人的莊嚴和神秘，沒人敢對他放肆，不光只是敬畏他，也是怕褻瀆了他。

漸漸的，他習慣了被人視若神明。女人戀慕他，他知道；公主愛他，他也知道，只是他不在乎。仙師說過，修煉要一心，動情會壞了修行，所以他不碰女人。

就算公主愛他，也頂多裝病裝可憐，送信送禮罷了，再逾越的事也不敢做。

唯獨桃曉燕例外，這女人厚臉皮外加潑辣，在他面前脫光光也毫無羞恥心。

她是妖嘛，所以很正常，他一直這麼認為，但她又不同於其他的妖。

他派人查過，十七年來，她過著普通百姓的生活，吃著正常百姓的食物。她沒有害過人，找不到任何妖法的痕跡，甚至偶爾會去佛寺進香禮佛，捐香油錢。

妖怪貪生怕死，一遇上他，無所不用其極地求饒，只因百年修煉不易，捨不得一身修為化為烏有，但這女人渾似不在意，說她貪生，好似又不貪，說她怕死，這時候又渾不怕死。

就像現在，哭得無賴，哭得任性，眼淚鼻涕齊流，毫無大家閨秀的模樣，他看了都為她害臊。

而他滿腔的怒火，被她這麼一哭，也都哭沒了。

「哭什麼？我還沒動手呢，妳就呼天搶地的，沒見過像妳這麼沒出息的妖。」他沒好氣地說。

桃曉燕哭得更大聲，像是玩遊戲輸了的孩子，用哭來耍賴。

「我連妳一根指頭都沒動，倒是妳，把我的手都抓花了。」他忿忿然，把手背上的抓痕秀給她看。

他現在兩隻手背都有抓痕，一手是玲瓏的傑作，另一手是她剛才掙扎時抓的，這女人跟隻野貓一樣，沒規沒矩！

司徒青染沒注意到，他無意中用了「我」的自稱，而不是「本座」，對這個女人，他不知不覺放下了國師的身段。

桃曉燕抽噎。「我哭我的，礙著你什麼了？死之前還不讓人哭，難道要我笑嗎？」

司徒青染嘴角抿了抿，繃著臉，忍住笑。

「行了，我允妳不吃了。」

她哭聲乍止，瞪著他。「真的？」

「我既允諾，便會信守。」

那雙水眸眨了眨，淚水還真的消停了，因為他的應允而露出喜悅，那心思全寫在臉上。

司徒青染覺得有什麼東西在心口上撩了下，令他覺得奇異。

既然性命無憂，桃曉燕也不哭了，想起身，卻動彈不得。

「喂，你壓著我了。」她覺得不舒服，語氣透著不滿。

這嫌棄的語氣令司徒青染再度沈下臉，他起身，神情又恢復成拒人於外的疏冷。

「本座看妳尚未加害於人，留妳一命，願妳今後好自為之，退下！」

桃曉燕踉蹌地爬起來，剛才掙扎得太用力，力氣好似都哭沒了，對於司徒青染的嫌棄，她也不以為意。

龜毛的男人都是這副德行，他若是對她笑，那才要糟呢！

不用他趕人，她也想趕快走人，回去上個廁所，怕又要拉肚子了。

司徒青染側著身子，眼角餘光仍能瞧見她離去的背影，完全一副身後有鬼在追的急迫樣，令他十分不悅，但隨即又想到，哪個妖怪見到他，不是逃之夭夭的？

他將異樣的感覺拋到腦後，發現自己身上的衣衫被弄髒了，他愛潔，便去浴房更衣，照鏡子時，發現臉上也有抓痕。

這女人……膽子不小，連他的臉也敢抓。

他心裡罵歸罵，但其實沒多大的氣，正要更衣時，忽然想到什麼，對鏡子劃了一圈，鏡子便呈現出影像。
鏡中的女子，正是剛剛從他房中出去的桃曉燕。
他想知道，她適才到底是真哭，還是假哭？
不能怪他懷疑，只因妖怪向來狡猾，他若不謹慎點，又怎能成為妖魔敬畏的國師？
要知道一個人的真面目，只要觀察對方人前人後是否言行一致便知曉了。

桃曉燕離開司徒青染的屋子後，在路上遇到離兒和慕兒。
「站住。」
桃曉燕停下，回頭看向她們。
見到她哭紅的眼，兩人都愣住了。
「妳哭什麼？」
「妳說呢？」
「這方向……妳剛才從國師的屋子出來？」
「是啊。」
兩人臉色都有異，彼此看了對方一眼。

「妳為什麼哭著從國師的屋子跑出來，還……衣衫不整？」

「妳說呢？」

「是我在問妳。」

「我不能說。」

「為什麼不能？」

桃曉燕一臉委屈地摀著臉。「我不說，就不說。」說完就哭著跑走了，徒留慕兒和離兒兩人呆愣在原地，彼此都從對方眼中看到不可置信。

「師姐，該不會——」

「不會。」

「可是……」

離兒丟給她警告的一眼。「沒有可是，不管看到什麼，都裝作沒看到，明白嗎？」

慕兒一臉像吃了蒼蠅一樣憋悶，只能把接下來的話吞回肚子裡，可她向來藏不住心思，心裡想什麼全都寫在臉上。

離兒也很震驚，一向沈穩的她這回抿著唇，往國師屋子方向看了一眼，便拉著師妹迅速走人。

這兩人，分明已經誤會了什麼。
站在鏡子前的司徒青染，表情也像吞了蒼蠅似的憋悶。
她是故意的吧？
雖然她什麼都沒說，但他覺得她就是故意的。

桃曉燕終於又可以回家了。
當她回到桃家時，族長已經在等著了。
有了上回的經驗，族長這一次很謹慎，沒有輕信桃二的話，不管聽到什麼謠言，都堅持等見到了桃曉燕再說。
幸好，他的決定是對的。
「這幾日妳都在國師府裡？」
「是啊。」
「可我怎麼聽說，當日是公主派人來召妳去的？」
「是公主召我去的沒錯。」桃曉燕笑道。
她坐在貴妃椅上，享受著上好的青茶。左邊站著她的心腹丫鬟晴雨，右邊站著她的心腹手下桃堅。

桃謹言和桃夫人病倒後，現在桃家上下都是由她作主。

別看族長似乎很關心他們大房的人，其實也是個利益主義者，哪一房對宗族有好處，他就支持哪一房。

商場利益嘛，桃曉燕很清楚，目前她需要族長的支持，彼此互利，所以她會給予族長需要的。

「公主之所以召我去，大概是因為師父看重我，所以我才得了公主的青眼。」

族長愣住。「師父？」

「喔，對了，這幾日太忙，都忘了告知您一聲，國師已經收我為徒，我現在是他的徒弟。」

族長聽了大為吃驚，整個人都坐直了。

「當真？妳、妳可別開玩笑。」

桃曉燕故作訝然。「這種事我怎麼可能當玩笑？傳出去是要殺頭的。」

族長太過驚喜，忍不住站起身，在屋子裡來回踱步，難掩心中的激動。

「太好了，沒想到我們桃氏一族竟出了一名國師的徒弟！」

士農工商，商人地位最末，雖然可以賺很多銀子，可有了銀子後，誰不希望提高地位，被人高看一眼？

可惜他們桃氏一族子弟不爭氣，沒一個會讀書的，想跟文人結親，偏偏有骨氣的文人又瞧不上商戶。

文人讀書進取，不就為了有朝一日魚躍龍門，豈會為了一點銀子把自己賣給商人？因此會與商人結親的通常都是娶妾，或是實在窮得揭不開鍋，才會妥協。而這種人，通常考了十年還落榜，最多只撈了個秀才，就到盡頭了。

然而，族長沒想到桃家有朝一日竟出了個出息的，還是個女子。

國師是誰？不僅是一國之師，還是仙人哪！

誰不想成仙？能被仙人收徒，猶如一人得道，雞犬升天，就算不能成仙，但身為仙人的徒弟，地位就不是一般人可比擬的。

難怪公主要派人來召喚她，族長已經了然，並立即做了決定。

他慎重地對桃曉燕道：「從今以後，桃氏一族便以妳為主，有需要任何幫助，妳都可以開口，族中所有人會盡全力配合妳。」

能成為一族之長，果然還是懂得大處考量，舉一反三。

這正是桃曉燕要的，她喜歡跟聰明人對話。

「族長，我不希望再看到二房的人來干擾我，族內也不能出一個亂了規矩的人，傳出去有礙桃氏一族名聲哪。」

族長聽聞，立即明白，神情也轉為肅然。

「說得是，桃氏一族不能出一個防礙者。妳放心，我會處理，以後二房的人不會再來添麻煩了。」

桃曉燕起身，對族長福了福。「那就麻煩族長您多擔待了。」

這就好比一個企業，總裁雖然身居高位，但是遇到重大事情，還是得跟董事會的人溝通好才行。

有董事會的支持，整個企業的運作才會順利。

桃曉燕便是把族長當成了董事會的人，有一族之長的支持，讓他去應付族中其他人，她也省事許多。

古代人重視親族，她不能把二房的人開除或趕走，就只好讓族長來壓制了。

送走了族長，桃曉燕心情很好，心情好，肚子就餓了，正要喚人去廚房吩咐做些小點心來，忽然腳邊有什麼東西在磨蹭。

「喵嗚～～」

桃曉燕愣住，低頭一瞧，笑了。

她彎下身將玲瓏抱起來，玲瓏也乖乖地給她抱。

自從她的靈魂曾經寄附在玲瓏身上後，她就對玲瓏特別喜愛。

她想起從國師府回來時，慕兒抱著玲瓏，一路跟著她坐馬車回桃家，當時慕兒一臉不甘心，想怒又不敢怒的矛盾表情，讓她看了快笑死。

因為司徒青染給桃曉燕一個任務——負責照顧玲瓏。

這個命令讓慕兒恍若晴天霹靂，因為大家都知曉，玲瓏是國師的寵物，而負責照顧玲瓏的慕兒，也因此覺得自己比其他人更被國師高看一眼，所以國師才會把這個任務交給她，她也以此自豪。

然而，國師現在把這個任務交給了這個妖女。

本來不相信國師收她為徒的慕兒，開始不得不信了。

妖女憑什麼讓國師收她為徒，還把玲瓏交給她照顧？隨即她又想到，那一日這妖女哭紅了眼，衣衫不整地從國師屋裡跑出來。

事後，她與離兒師姐商討，決定將此事告知國師，她們才不相信國師會看上那妖女，肯定是妖女的陰謀。
誰知國師當時只淡淡地回了一句，知道了。
知道了？
沒有發怒，沒有反駁，就只是一句「知道了」？
憋得她與離兒師姐兩人難受，卻又不敢再繼續問下去，在國師清冷的目光下，她們只得敬畏地退下。
國師的態度不明，讓她們也變得不確定了，不知該如何對待妖女，總之是不能得罪了。
桃曉燕將慕兒掙扎和矛盾的表情瞧在眼裡，覺得十分好笑。
她不討厭慕兒，說起來她還挺中意慕兒這丫頭的性子，簡單直率，沒有太多複雜的心思。尤其當自己變成玲瓏時，受到慕兒的細心照顧，桃曉燕很承她這份情，因此即便慕兒對她怒目相視，她也不以為意。
她一個三十二歲的成熟女性，跟十六歲的少女有什麼好計較的？反倒很有興致來逗逗她呢。
她想到馬車到了桃家大門口，慕兒把玲瓏交給她時，那臉上的不捨和擔憂，全都表露無遺。

她的表情好似第一次送小孩去上學的媽媽，一臉快哭的模樣。

「妳千萬別……」慕兒猶豫了下，似是在斟酌字眼，一副想交又不敢交的掙扎表情，最後帶了些懇求。「玲瓏是國師大人的寵物，牠很乖的，妳千萬要好好照顧牠，別……別……」

桃曉燕點點頭，正色道：「妳放心，我不會吃了牠的。」說著，還用舌頭舔了舔嘴唇，驚得慕兒瞪圓了眼，嘴角還抖了抖。

這便是為何現在玲瓏會在她屋中。

桃曉燕收回思緒，輕輕摸著玲瓏的毛。

她很樂意照顧玲瓏，因為可以趁此打廣告，逢人便說：「玲瓏是師父的寵物，師父交代我要好好照顧玲瓏呢。」

也就是說，她把玲瓏當成神主牌來保佑自己。

玲瓏是最好的物證，證明她與國師的師徒關係，讓他人不得不信，也不得不掐熄壞心思。

桃曉燕笑咪咪地揉著玲瓏圓圓的貓臉。「妳放心，我會好好對妳的，因為有妳在，別人就會相信國師是我的靠山，呵呵。」

「喔，是嗎？」

另一頭，司徒青染摸著下巴，看著眼前畫面裡，那個笑得有些賊、有些頑皮的女人。

透過玲瓏之眼，他能看見桃曉燕的一舉一動。

果然，這女人無利不起早，不愧是商戶女，難怪他說把玲瓏交給她照顧時，她答應得那麼爽快。

有玲瓏做他的眼，可以監視妖女的一舉一動。

他相信，妖女身上藏了秘密，他遲早會將妖女不受他法術影響的原因找出來。

司徒青染閉上眼，關閉眼前的畫面，再睜眼時，那畫面已經不見。他忽然頓住，似是感應到什麼，掐指一算，恍悟地笑了笑。

「喔，回來了哪……」

守衛山門的弟子往上呈報，離兒收到消息，匆匆趕來見國師。

「國師，大師兄回來了。」

司徒青染點點頭。「讓他到前堂見我。」

「是。」

離兒躬身退下，轉身時，向來清冷嚴肅的花容上，多了一抹雀躍。

國師收的第一位大弟子吳衡，他回來了。

第七章

「吳衡是誰？」
「國師的大徒弟。」
「哦，那不就是我的師兄了？」
「呸……」
「哎？」
「咳……我是說，這位吳衡師兄不一樣，是國師真正的關門弟子。」
「什麼叫真正的，難不成咱們都是假的？」
「當然不一樣。」慕兒強調。「他是真正有仙根，被國師親自教導的人。」
桃曉燕與慕兒兩人坐在涼亭裡，桌上準備了上好的茶和小點心。
提到這個大師兄，慕兒一副驕傲的神情，就像在提自家令人自傲的大哥一樣。
原來，吳衡五歲時就被司徒青染看出有仙根，收為仙家弟子，親自教導。學成後被司徒青染派出去，據說身負任務，當成歷練。

吳衡在外歷練了三年，如今終於回來了。
這件事，造成了京城不小的轟動。
桃曉燕好奇地問：「他很俊嗎？」
「當然。」
「難怪。」
「難怪什麼？」
「我覺得能被國師收用的人不會太醜，太醜是沒機會的。」
慕兒瞪眼。「國師是看重大師兄的仙根。」
「妳醜嗎？」
「我？當然不！」
「是嘍，妳和離兒都是大美人，我去國師府時，沒見到一個醜的，由此推論，國師用人，容貌肯定是條件之一。」
「……」慕兒居然無法反駁，她甚至覺得還挺有道理。
桃曉燕指指自己。「當然嘍，我也是個美人。」
慕兒忍不住鄙視她一眼，又想到什麼，突然笑得有些幸災樂禍。

「大師兄回來，妳最好能避就避。」

桃曉燕頓住。「喔？為何？」

「大師兄是公主的表哥。」

桃曉燕挑了挑眉。

她懂了，古代表哥、表妹什麼的，最容易有曖昧了。

上回她得罪了公主，公主肯定會跟表哥告狀，這位表哥還是國師的關門弟子，比她這個名分未定的假徒弟重要多了。

這表示，這個吳衡也會一點仙術，確實對她是個不好的消息，難怪慕兒要幸災樂禍了。

桃曉燕一臉感動。「多謝慕兒師姐提醒，難得妳這麼擔心我的安危。」

慕兒見鬼地瞪她，想說誰擔心妳了？

「來來來，師姐多吃點，這糕點是用上好的蜂蜜加梅子去做的口味，只咱們獨一家，別家買不到的喔。」

慕兒瞪了她一眼，最後還是沒有拒絕。

不得不說，這些糕點和茶真的很特別，她第一次吃到，也第一次喝到。

這是當然的，桃曉燕在現代時就懂得享受，到了古代，照樣用她的財力去製作這些東西。

女人都愛喝下午茶，吃著甜點，喝著飲品，聊著各種八卦。

在現代時，桃曉燕也有些姊妹淘，閒來無事就和那些千金小姐或貴婦一起品品小酒，喝喝下午茶。

女人的交際應酬就在這下午茶裡發酵、增溫，最後成為閨密。

慕兒當然不是來找她培養感情的，是來送玲瓏的吃食。

雖然玲瓏交給桃曉燕照顧，但是玲瓏的吃食也不能隨便，為了保持玲瓏的健康和美麗，牠有專門的食物，慕兒便負責送過來。

桃曉燕趁此與她多多交流，把現代那一套貴婦下午茶搬過來，慕兒嘴上不說，但從她一口接一口地吃著，桃曉燕就知道這丫頭喜歡。

「我知道我這些東西哪能入您的眼，國師府用的都是最好的。」但花茶甜點可沒有，裡頭加了現代的創意。

「這些是我的一點誠意，就當多謝慕兒師姐的提醒，請笑納。」

桃曉燕命人將東西拿來，原來甜點都包裝好了，包裝盒上還刻了紙花，視覺上看起來既新奇又美麗。

慕兒瞟了一眼，看似無感覺，但桃曉燕知道，她肯定喜歡。

「看妳這麼有心，那我就收下吧。」

「這是我的榮幸。」她立即命令丫鬟把點心盒拿給慕兒身邊隨行的白衣女子。

待送慕兒離開後，心腹丫鬟問桃曉燕。「姑娘，這可如何是好？」

「這有什麼好擔心的，我連公主都不怕，還會怕她表哥？」

「可是……」

「他是國師的徒弟，我也是國師的徒弟，更何況，他權力再大，也大不過他師父呀。」

無形中，司徒青染也被桃曉燕當成神主牌來保佑，在司徒青染那兒貢獻了那麼多，不是被砍一刀就是上吐下瀉，作為交換，司徒青染就該保護她的人身安全。

桃曉燕擺擺手，打了個呵欠。吃飽喝足，她決定去睡個美容覺。

桃曉燕沒將吳衡放在心上，繼續過她的小日子，白天去巡她的鋪子，晚上則拿著算盤算帳，看看日營餘、月營餘以及年營餘。

撥算盤只是做給他人看的，其實她算帳都用加減乘除比較快，反正屋裡就她一個人，也沒別人瞧見，因此她的案桌上擱著一疊現代收支表格，以及寫滿數學計算程式的帳目。

「這寫的是什麼？」一道男性嗓音傳來。

原本伏在案上計算的桃曉燕猛然站起身，瞪著案前的陌生男子。

夜深人靜，屋裡的琉璃燈罩內點著燈火，正享受一人時光的她，被突然出現的男人給嚇得不輕。

無聲無息，毫無預警。

男人無視於她的反應，仍然自顧自翻看那些寫著密密麻麻阿拉伯數字的紙張。

「聽說妳是個商人，掌管幾間鋪子……一隻會做生意的妖，倒是挺少見。」隨著移近，男人藏在黑暗中的五官，逐漸在燭光下顯現。

那是一張英俊帶笑的臉，幾許風流倜儻，幾許瀟灑，是女人見了會臉紅的英俊，以及會想一親芳澤的笑容。

桃曉燕只是直直瞪著他，她先是驚嚇，待看清對方的長相後，她一臉麻木。

這人她認得，是位影視小生，她花錢捧的第一線男演員。

「許彥？」她叫出他的名字。

男人頓了下，饒有興味地笑道：「本公子是吳衡。」

桃曉燕盯了他一會兒，才吐出一個音。「喔。」

看樣子不是穿來的，只有臉長得一樣。

她恢復如常，上前走回位子坐下，繼續算帳，彷彿剛才受驚嚇的那個人不是她。

吳衡對她前後的反應落差感到意外。

「聽到本公子的名號，妳好像一點也不意外？」

當然，她對許彥的印象極差，當初還是個小演員時，極力地討好她，希望能從她這裡得到資源。

他有貌有才，也很努力，她也願意投資他，誰知這傢伙演了一部連續劇後大紅，竟然違約跳槽，害她公司損失不少錢。

做生意講究的是信用，她最討厭不講信用的人，她堂堂企業總裁竟被一個吃裡扒外的小演員給擺了一道。

許彥這傢伙早計劃好了，知道違約跳槽要賠償，便攀上另一家影視公司，而這家影視公司的金主，正是王家。

王巧玲一得知此事，立即花大錢幫許彥打官司。

為此，桃曉燕恨得牙癢癢的。

「閣下有事？」

「這麼晚了，四下無人，本公子不請自來，屋裡就咱們兩人，妳覺得我是來做什麼的？」

溫柔的話語裡藏著威脅，若是其他女人，要麼臉紅心跳，要麼擔驚受怕，但桃曉燕兩樣都不是。

她只覺得不耐煩。

「師父派你來的？」

吳衡挑眉。「國師大人只有我一個徒弟。」

「喔。」桃曉燕低頭，繼續算她的帳。

手下的紙突然著火，驚得她趕緊站起來，退後一步，她抬頭，冷冷看向那男人。

吳衡笑笑。「公主說妳得罪她時，本公子還不信，現在信了，敢無視本公子的人，妳倒是第一個。」

敢跟本小姐違約的人，你也是第一個。

「三更半夜的，跑到女人閨房來，本姑娘何必理你，沒禮貌。」

吳衡目光轉冷，嘴角的笑也多了一絲威脅。

「哼，果然欠收拾，讓本公子教訓教訓妳。」

他五指成爪伸向她，接著「咦」了一聲，看看自己的手掌，再瞧瞧她，十分驚異。

「怪了，居然對妳無效，原來他們說的是真的。」他一回來便得知這女人的事，當聽說妖女身負奇能，能抵仙法時，他還不信。

這世上怎麼可能有不懼仙法的妖？

他現在親自出手，親眼證實，這才相信。

「既然仙法對妳無用……」他拿出一把飛刀在手上把玩，再抬眼看她時，眼中多了一抹冷意。「那就不用仙法，用刀子吧。」飛刀猛然射向她。

一抹黑影掠過，將飛刀拍開，發出「噹」的一聲。

「喵嗷——」玲瓏落在案桌上，擋在前頭，對他發出警告聲。

吳衡原本帶笑的俊容終於色變。

玲瓏不是普通的貓，牠是國師的靈寵，牠有什麼作用，其他人不知，但身為國師關門弟子的他卻很清楚。

玲瓏是國師的眼。

師父在警告他。

吳衡深吸一口氣，收起外放的戾氣，彬彬有禮地朝桃曉燕拱手。

「打擾了，望師妹勿怪。」說完便退後一步，消失於黑暗中。

這人來得毫無預警，離開時也快得讓人反應不及。

桃曉燕上前察看，見窗戶沒關，忙上前將窗戶關上，回頭見玲瓏還蹲在桌上，正用牠的貓掌洗臉。

適才她看得很清楚，許彥——不對，應該說是吳衡，他看見玲瓏時，臉色都變了。

為什麼？

關好窗返回時，腳下似乎踩到什麼，她低頭察看，彎身將地上的東西撿起來。

是一把銳利的小刀，剛才那傢伙就是將這把刀子丟向她，結果被玲瓏拍掉了。

桃曉燕走過去，將小刀丟在桌上，把玲瓏抱入懷裡，驚喜道：「哎呀呀，原來妳這麼厲害呀，竟然會保護我。」

「喵嗚～～」——這是當然的呀，主人命我跟著妳，除了監視妳，也避免別人動妳，因為主人看上的獵物是不准別人動的。

玲瓏動了動尾巴，舒服地窩在桃曉燕懷裡。

桃曉燕發現玲瓏會保護她之後，對玲瓏更加喜愛了，有了這一晚的驚險，她決定不管去哪兒都要帶著玲瓏。

隔日，她坐上馬車，吩咐車夫出城。

她打算去巡視那幾塊看上的地，看看能不能買下來。

馬車駛出城門，沿著官道往山林走。

馬車內，丫鬟好奇地問：「姑娘為何要買地？」

「城裡住膩了唄！買塊地，蓋間莊子，把爹娘送過來，養養身子。」

經過幾次驚險，桃曉燕自己是沒事，但卻把爹娘給嚇出病來了。

她有預感，跟司徒青染扯上關係，事情只會越來越多。爹娘只是個小老百姓，向來天高皇帝遠的，卻對皇權有一股天生的敬畏。

先是國師，後是公主，對他們來說，這兩人都是高高在上、遙不可攀的人物。

雖然桃曉燕是從現代來的，不管是國師或公主，她都不看在眼裡，卻見不得自己的爹娘對皇權戰戰兢兢。

也幸虧他們在養病，有了生病的藉口，便不必見客，她可見不得自己的爹娘去跪拜那兩人。尤其是公主，她長了一張王巧玲的臉，桃曉燕自己都不肯跪她了，怎麼可能讓她爹娘去跪在那女人腳下？

沒門兒！

因此她有了打算，找個風景優美之地，蓋間又大又漂亮的莊園，讓爹娘可以遠離這種糟心事，反正她錢多，蓋間莊子是小case。

她和丫鬟在馬車裡說說笑笑，突然，馬車停住，她擰眉，正要問怎麼回事，卻聽見車外護院的斥喝聲。

「你們是誰，為何擋道？」

「笑話，擋道的是你們，快讓開！」

桃曉燕掀開車簾，一名護院匆匆移近。

「大姑娘。」

「怎麼回事？」

「咱們要過橋，前頭這些人卻突然把路堵住了。」

「喔？」

桃曉燕聽完，並不驚慌，甚至有些意興闌珊的，對這種事不驚不忧。

過了一會兒，又一名護院來報。

「大姑娘，他不准咱們過去，還要咱們後退。」

另一名護院聽了，十分生氣。「憑什麼？這橋夠寬，能容兩輛馬車經過，他們只要把另一半的路讓開就行了，卻叫人堵著。」

「去打聽打聽，對方什麼來路？」桃曉燕反倒好奇，是什麼人這麼跋扈，竟然故意刁難她？

她知道，這事絕不是偶然。

不用護院去打聽，對方便派人來報上名號了。

「咱們主子是嚴國公的夫人，你們擋了夫人的道，耽誤了行程，咱們夫人生氣了，快叫你們主子下來給咱們夫人跪下賠罪！」

丫鬟和護院聽聞都變了臉，齊齊看向桃曉燕。

桃曉燕只是挑了挑眉，打開車門，不等腳凳送來，逕自下了車。

她先是瞧瞧對方，果然一臉趾高氣揚，再瞧瞧前頭，果然路被人堵住了，而不是車堵。

她轉頭向對方派來的人笑了笑。「煩請你們的人讓一讓，讓咱們馬車過去，本姑娘有事，正趕路呢。」

對方的小廝一聽，立即沈下臉大喝。「妳沒聽到嗎？咱們夫人生氣了，勸妳最好去咱們夫人車前跪下賠罪，不然有你們苦頭吃的！」

桃曉燕的目光再度朝對方馬車看去，她瞇了瞇眼，突然說道：「國公夫人哪，女人家不好好待在後院，跑出來找事，被人當槍使了都不知道，既如此，本姑娘也不客氣了。」

她突然轉頭對身邊的丫鬟和護院道：「給我打。」

眾人皆是一愣，連對方也呆住了。

桃曉燕笑咪咪地命令。「誰堵了路，就打誰！不用怕，有事我負責，給我打，用力的打，打贏的，有賞！」

聽到「有賞」二字，護院和丫鬟眼睛都亮了。

大姑娘的賞，向來十分可觀。

丫鬟和護院都是江湖人物聘來的，早就想活動筋骨了，他們對大姑娘忠心，既然大姑娘說打，那就打。

其他護院聽到命令也開始摩拳擦掌，蓄勢待發，因為打贏有賞金，他們還等什麼？

對方顯然沒想到，不過一個商家女竟如此大膽，絲毫不把他們放在眼裡。

「妳敢——」一拳打來，將他擊倒在地，下面的話連說出來的機會都沒有。

一旦有人動手，其他人便也跟著施展拳腳，一場架就這麼開打了。

桃曉燕笑咪咪地站著看戲。

這些人肯定與公主或吳衡有關，自己不敢來，就派別人來當替死鬼。

或者……她冷冷盯著對方那輛寬敞的馬車，懷疑公主本人就在馬車裡。

叫她跪？

呵，這女人可真不死心。

既然自己送上門來，那她也不能錯失這個機會，別小看她這些保鑣，功夫都很扎實。

對方沒想到桃曉燕這邊的人馬說打就打，更沒想到這麼會打。

不到一盞茶的工夫，對方的人馬就被打得七零八落，甚至驚動了馬，馬兒嘶鳴，不停晃動，連帶馬車也跟著搖晃，驚動車內的女眷，尖叫聲連連。

不一會兒，車內的女眷從車裡滾了下來，狼狽至極。

桃曉燕緩步來到女人身前，居高臨下地看著她們。

呵，果不其然，車內兩個女人，另一個她不認得，應該就是那個什麼國公夫人，但眼前這一個，倒是熟得很。

公主氣極敗壞，正想從地上爬起來時，桃曉燕二話不說，一腳踹了過去。

敢叫老娘跪，老娘叫妳跪回來！

第八章

國師府的門前，立了兩根高大的石柱，據說這兩根石柱是國師設置的陣法，妖魔鬼怪無法進入。

任何馬車到了石柱前都得停下，不可再前進。

任何人想求見國師，皆需按規矩遞上代表家族的令牌，讓白衣弟子回稟國師，在國師同意接見前，都必須在馬車上乖乖等待。

即便是皇親國戚，也必須遵守一樣的規矩，因此停在石柱前的幾輛貴人的馬車，都在等著與白衣弟子們交涉，希望有榮幸見國師一面。

國師不但能降魔伏妖、卜卦天機，還能醫病，因此許多權貴中有不可告人的隱疾或找不出病因者，都想求見國師。

「國師這幾日閉關不見客。」兩名鎮守大門的白衣男弟子，一貫清冷的表情，淡然說道。

面對白衣弟子，這些高官權貴的總管也只能畢恭畢敬，點頭哈腰地拜託。

「我家夫人是皇后娘娘的姪女，夫人身子微恙，希望國師能看望一二。」

「我家尚書大人有事請教，還望國師能撥冗會見。」

白衣弟子依然保持一貫的清冷。「國師有交代，若是客人身子不適，前來請脈，便派醫者過去。」

不管這些總管們如何請託，白衣弟子始終清冷面對。

總管們只得嘆氣，回到馬車前稟報自家主子。

一個字——等。

此時一輛馬車轆轆駛來，跟這些權貴相比，這輛馬車十分平凡，一看便知是百姓的車馬。

大靖朝的馬車都有階級規定，把人的身分分成三六九等，在權貴與百姓之間劃出一條不可逾越的線。

因此當馬車駛來時，這些權貴之家並不看在眼裡。

連他們家大人和夫人都見不著的人，區區螻蟻小民哪有機會？

偏偏，他們不看在眼中的這輛馬車，卻堂而皇之地停在白衣弟子面前，車窗打開，露出一張如花似玉的嬌顏，懷裡還抱著一隻貓，甜甜地笑著。

「兩位師兄好，我來找師父。」

白衣男弟子見了她，原本清冷的面容露出淺笑，對她拱手。

「不敢，師姐請進。」

「有勞了。」

女子關上車窗，馬車便堂而皇之地沿著兩旁石柱中間的大道，毫無阻攔地駛入。

眾人愣住，眼睜睜地看著馬車遠去，這才突然回神。

「等等，她她她——她怎麼可以進去？」

白衣男弟子目送師姐進去後，收起笑意，又恢復清冷的面容，擰眉道：「她是國師親收的徒弟，當然能進去，各位有意見？」語氣中隱含警告。

各家總管們你看我、我看你，都瞧見彼此眼中的驚訝，不過能爬到總管的位置，表情自是能切換自如。

他們含笑連連告罪後，便趕緊回去稟報自家主子。

國師親收的徒弟，還是個女人，而且是平民百姓，到底是何方神聖？

這麼多年來，各家極力爭取，想把自家最優秀的子弟送到國師府，讓國師瞧瞧是否有仙根？只要家族出了一個仙徒，這個家族就發了，好比出了一個狀元一樣，不，比狀元更好！

仙人哪！自古成仙是人人的願望，連皇帝也不例外。

到目前為止，被國師親收的徒弟只有一人，便是皇后的娘家人，也是公主的表哥——吳衡，之後再無第二人。

吳家就因為出了一位仙徒，從此橫著走，各家對他們都要禮讓三分。

如今突然冒出一個女徒弟，這可是不得了的大事。

當各家馬車匆匆趕回府邸去通報消息時，桃曉燕的馬車已經駛進國師府的外院。

到了外院，不管是誰，都得下車徒步而行。

桃曉燕正色道：「我有急事找師父，煩請通融，讓馬車駛入。」

「這……」白衣弟子猶豫。照規矩是不可這麼做的，可是這位是國師親收的徒弟，手裡還抱著國師的靈寵。

要知道，國師的靈寵可不是誰都可以抱的，目前也只有慕兒師姐能夠接近玲瓏，還有就是這一位桃師姐。

白衣弟子猶豫不決時，空中突然傳來空靈清冷的命令。

「讓她進來。」這是國師的聲音。

桃曉燕瞪大眼，見鬼地看著空中，懷疑是不是裝了傳聲喇叭？

白衣弟子立即微笑道：「桃師姐請進。」

她收起驚疑的表情，點頭微笑，吩咐馬車前進。

桃曉燕賭對了，原本她還擔心沒有預約就貿然跑來國師府會被拒於門外，現在可好了，不但沒有攔阻，馬車還能進來。

開玩笑，外府到內院有足球場直徑那麼長，叫她穿著古代這種不耐走路的鞋子穿過足球場，要走多久啊？

還有，這條路可不是平地，而是一路往上的斜坡，靠她這兩條腿要走到何時？

她可不像這些白衣弟子們，每人都有功夫，健步如飛，走路時還裙帶飄逸。

她的馬兒夠強壯，拉著馬車終於來到內院門口，接下來就是平地了。

桃曉燕抱著玲瓏下車時，還伸手摸摸有些氣喘吁吁的愛馬。

「真是難為你了，這人平地不住，偏偏住在山腰，連個電梯也沒有，還規定別人只能走路，真是龜毛，幸好我有你，乖，回去給你加菜。」

馬兒雖是畜牲，但是跟著主人久了，懂得「加菜」二字是什麼意思，聞言嘶鳴一聲，精神大振。

桃曉燕以為四下無人，聲音放低就沒人會聽見，殊不知她說的話全都透過玲瓏，一字不漏地傳到司徒青染的耳中。

什麼是殿踢？什麼是規冒？

司徒青染發現，這女妖有時會說出一些從沒聽過的詞句，難不成這是她的家鄉話？雖然不解其意，但司徒青染卻能感覺出這女人在腹誹他，真是好大的膽子。

桃曉燕這麼急著趕來國師府做什麼？當然是來找靠山哭夭的。

打人之後，當然要落跑，還要防止對方報復。

桃曉燕不笨，知道上回她揍了公主，事後一點事都沒有，肯定是司徒青染壓下來的。

離開國師府，司徒青染將玲瓏交給她，當時她不解其意，直到吳衡的出現，她才恍然大悟。

玲瓏是司徒青染給她的免死金牌，連吳衡見到玲瓏都得乖乖走人。

今日公主唆使別人來刁難她，她二話不說，馬頭一轉，正事都不做了，直接來告狀。

進了內院，本來還嘻嘻笑的她立即眼含淚珠，變臉比唱戲的還快，用著無比委屈的聲音哭道：「師父～～有人欺負您的徒兒～～」

「……」司徒青染清冷的面容上，嘴角幾不可察地抽了下。這女妖如何欺負公主，透過玲瓏，他可是全程看在眼中。

司徒青染揉了揉眉心，對屋內的白衣弟子們吩咐。「你們先退下。」

「是。」

白衣弟子們恭敬退出後，不一會兒，門外就傳來桃曉燕的聲音。

「師父～～」

「進來。」

桃曉燕得了允許，立刻不客氣地開門進屋。

「師父～～有人欺……咦？怎麼沒人？」

司徒青染冷道：「我不是人？」

「不是的，我是問那些白衣美人師姐們呢？怎麼沒瞧見？」她奇怪地左右張望，以往這廝不管在哪裡，身邊總會跟著一群白飄，走到哪兒就跟到哪兒，已經成了這廝的基本配備，突然一個人都不在，她當然覺得奇怪了。

司徒青染冷笑。「妳是來找本座，還是來找她們的？」

桃曉燕立即一臉正色。「當然是來找師父呀。」說著又抽了抽鼻子，一臉委屈的哭訴。「師父，有人不把您的話當話，不把您看在眼裡，公然找人來欺負徒兒。幸好徒兒福報大，有師父庇佑，這才從對方的虎爪下逃出來，不然師父可能看不到徒兒了。」

不說自己怎麼欺負人，也不說別人怎麼欺負她，直接把他抬出來，然後把自己說成是受害者，好個狡猾的妖女……

司徒青染坐在太師椅上，身子往後一靠，意興闌珊地問：「喔？說說，對方是怎麼欺負妳的？」

她氣鼓鼓地說：「他們想逼我下跪，好讓全天下的人都知道，國師大人的愛徒有多麼沒用，讓我跪就跪，藉此侮辱師父！」

司徒青染嘴角忍不住再度抖了抖。

愛徒？虧她說得出口，如此大言不慚。

「跪的是妳，既然是妳沒用，與本座何干？」

桃曉燕瞪大眼，一臉不敢置信。「哎呀師父，當然有關了，我是您的愛徒，代表您的臉面，如果我受辱了，不就等於您受辱了嗎？」

他挑了挑眉。「我怎麼不覺得。」

她張口正要抗議，門外傳來弟子的通報聲。

「稟國師，皇上來了。」

能夠不用通稟便可直接進入國師府的人，大靖朝只有一個人有此特權，便是皇帝。

一聽到皇上來了，桃曉燕瞪大眼，心下叫糟。

皇帝就好比一國的總統，權力的最頂端，而古代的皇帝權力更大，生死拿捏在手，一個不高興，立即就把人抓出去砍了。

桃曉燕雖然貴為企業總裁，站在金字塔頂端，但對這種一國之君還是心存敬畏。

她二話不說，立即跑到司徒青染的背後，擺明了一副怕事的模樣。

司徒青染挑了挑眉，回頭看她。「怕了？」

她點頭如搗蒜。「怕。」

他嗤笑。「我還以為妳膽子夠大，連死都不怕的人，竟會怕皇帝？」

「哎呀師父，我不是怕死。」她一臉正色地更正。「我是怕生不如死。」

他嘴角抖了抖，正要笑罵她，門外腳步聲已接近，他便瞪了她一眼，收回目光，在來人進來前，他已恢復一貫的清冷疏離。

皇帝進來時，原本躲在司徒青染背後裝孬的桃曉燕一雙眼都瞪直了。

我靠！怎麼是他?!

桃曉燕在現代時美麗多金，還是能幹的女強人，坐擁上億財產，追求她的男人都可以排隊到太平洋去了。

但她也是有崇拜的偶像，那人便是商界的傳奇人物——周文浩博士。

周文浩是雲端科技公司的創辦人，公司名號聞名世界，經常受邀到各大學開課或演講。

當桃曉燕還在讀大學時，便有幸選修到周文浩一學期的課程，她還記得，當時旁聽的學生擠爆教室，她也跟其他女學生一樣，迷戀周文浩的風采和經商天分。

當時周文浩年近四十歲，正是熟男的黃金時期，他英俊，溫文儒雅，談吐大方，眼界寬廣，而他講課的口才更是幽默而精彩。

桃曉燕有幸選修到他的課，喊他一聲老師，每回上課前，她總要想盡辦法化一個最自然漂亮的妝，美美的去見他。

周文浩不僅是科技公司的總裁，他還經常做慈善，影響力跨足政界，政商兩界都要看他臉色，新聞上也常有他的身影。

對桃曉燕來說，他不僅是偶像，也是她學習的目標。

身為企業接班人的她，夢想有一天可以站在他身旁，然後既謙虛且驕傲的對他說：

「周老師，我是您的學生，以前曾上過您的課，受益良多。」

讓他知道，他當年教過的學生中，唯有她，上進且能幹，也在商界闖出了一片天，占有一席之地。

她更夢想有那麼一天，當她爬得夠高時，能與他一起接受媒體的拍照和採訪，製造出一對金童玉女的話題。當然，若是能發展出什麼曖昧的情愫就更好啦！

但人與人的緣分就是這麼奇妙，她在現代沒有機會與他續前緣，反而穿到古代見到了他。

大靖朝的皇帝？若要桃曉燕來評論的話，周文浩當之無愧。

在現代，他的影響力橫跨政商兩界，他的科技企業橫跨多國，員工上萬，凡遇天災人禍，他的捐助與救難也不遺餘力。

他是優秀的企業家，更是個大慈善家。

一個天生的王者脫下西裝，換上古裝，也依然掩蓋不了王者的氣勢。

皇帝墨如玉一進屋，便向國師拱手問候。

「司徒兄。」

他待司徒青染如友，兩人之間，毋須執君臣之禮，以平輩相交，因此在司徒青染面前，他不會擺皇帝的架子，反而溫文有禮。

即便司徒青染的徒弟對他的女兒拳打腳踢，即便皇后抗議、公主哭鬧，皇帝也依然處之泰然，對司徒青染始終待之如賓，絕不虧待。

不過他畢竟是一國之君，皇帝有皇帝的尊嚴，公主也代表天家的顏面。

第一次，是女兒得罪人在先，被人拳打腳踢，是她自找的，事後皇帝將此事壓下來，警告自家人不准去找人家麻煩。

這一次，女兒是搭別人的馬車出城，自己女兒是什麼德行，墨如玉是知道的，雖然女兒有慫恿的嫌疑，可這次並非像上回那樣要挖人雙眼，只不過是堵住人家的馬車，多方刁難罷了。

雖然挑釁的是女兒這邊的人，但司徒青染這個女徒弟做得太過了，不但讓他女兒跪在地上，還踹了她一腳，讓他女兒到現在還躺在床上。

皇后身為一國之母，女兒被人欺辱至此，臉都丟盡了。她哭倒在床，氣得病了，揚言他若不處理這事，要對方給個交代，她就服毒自盡。

墨如玉是個講道理的好皇帝，這一回，他也覺得對方過分了，因此才會親臨國師府。

墨如玉不明言，司徒青染也知道他來此的目的是什麼。

女妖狡猾，闖了禍，直接往他這裡躲，必是料準了皇帝會來算帳。

確實，闖了這麼大的禍，除了他，沒有人可以救她。

司徒青染並不覺得困擾，反倒覺得滿意。他不喜歡太笨的人，女妖揍了人，立即馬不停蹄地往他這裡跑，讓皇帝想抓人都來不及，只好親自來找人，這反應不錯。

桃曉燕厚顏無恥地喊他一聲師父，他從沒承認，但那是對內。對外，若有人未經他允許動了她，那就是打他的臉。

皇帝也明白，因此才會親自來訪。

司徒青染也拱手回禮。「墨兄。」

兩人見面先彼此問候一番，聊聊家常，氣氛融洽，並無火藥味。

桃曉燕知道上流社會的人，講究的是品味與高貴，談判桌上不拿刀槍，因為那是粗俗人才會做的事，談判桌上講的是利益。

聊家常不過是熱身，問候完，該給的禮儀也給了，就該進入正題了。

墨如玉淺笑依然，但語氣卻多了幾分鄭重。

「孩子們小打小鬧，本是常事，大人們關起門來，把事情解決就行了，但這一回，事情鬧開了。珠兒頑劣，朕罰她便是了，但嚴國公對本朝有功，朕不能虧待他，如今他夫人受辱，朕得給他一個交代才是，因此特來找司徒兄商討，這事該怎麼辦？還請司徒兄指教。」

聽聽，這話說得多有品味，不是來興師問罪的，而是來指教，還把開國功臣抬出來，表明自己也是不得已，好讓對方諒解之下，還得幫忙給個交代。

皇帝來求助，司徒青染不可能置之不理，也不能耍賴。

司徒青染點頭。「墨兄說得是，是該給嚴國公一個交代。徒兒頑劣，本座會將她關進山洞，禁閉一個月，不准吃喝，不准出來。」

聽起來好像很嚴厲，但明眼人一聽，便知其中關竅。

說是罰禁閉，不吃不喝，可誰看得到？國師府又不是誰都可以進來的，妖女不出門，在府裡吃喝玩樂，也沒人知曉。

墨如玉當然不滿意，他講求公允，司徒青染明顯有護短的嫌疑。

「罰禁閉一個月，不吃不喝太嚴厲了，朕也不是那般狠心之人，不如讓她去向珠兒和國公夫人磕個頭道個歉吧。」

司徒青染神情淡然，唇角淺笑，目光卻清冷幽深。

皇帝擺明要個公平，既然他的女兒跪了，也要他的徒兒跪回來，並讓眾人看見，讓眾人知曉，才能找回他九五之尊的顏面。

墨如玉可以為司徒青染開先例，只因他是仙人，但這份禮遇，可不包括其他人。

更何況，聽說司徒青染這個徒弟還是個女妖呢。

司徒青染嘴笑眼不笑，食指敲了敲扶手，清冷地開口。「本座覺得——」不妥二字尚未出口，有人卻搶先一步跪了。

「皇上～～」

桃曉燕跪在墨如玉膝前，淚眼汪汪地瞅著他。

「燕燕向皇上認錯，燕燕在此向皇上賠罪，請皇上罰燕燕吧！」

第九章

兩個男人都愣住了。

談判桌上的煙硝味才剛冒出來，就被這個不按牌理出牌的妖女給澆熄了。

妖女不但向皇帝下跪，還很真誠地懺悔，說自己太衝動，丟了師父的臉不說，還給皇上添麻煩。

妖女一邊賠罪，一邊掉眼淚，說話時，始終用那雙濕漉漉的美眸仰望天顏。

墨如玉看著她，突然生出一種奇怪的感覺。

妖女對他說話時，不似一個臣子或奴僕對皇帝說話，倒像是妹妹對兄長一般。

他身為九五之尊，始終居高臨下，臣子跪在他面前時，從沒有人抬頭看他，也不敢看他。

而他，卻能將每個人看得清清楚楚。

這女子絲毫不畏懼與他對視，而他卻不覺得她放肆，因為他瞧得很清楚，她看他的眼神中，帶著真誠的欽佩和景仰。

這就是他人口中的妖女？

墨如玉感到有些新奇，這妖女並不如傳聞中那般桀驁不馴，她主動下跪賠罪，就像個做錯事的孩子，乞求長輩的原諒。而她看著他的眼神、說話的語氣是那麼理所當然，好似兩人早就認識一般。

本來墨如玉覺得要妖女賠罪有些棘手，卻沒想到她會主動道歉，還口口聲聲對他懺悔，倒讓墨如玉對她產生了好感。

龍顏轉為愉悅，一旁的司徒青染卻是臉色漸冷。

燕燕？她竟對皇帝自稱燕燕？

「妳可願意去向國公夫人賠罪？」墨如玉問。

桃曉燕眨著濕漉漉的美眸，嬌聲回答。「皇上叫我去，我就去，我聽皇上的。」

「喔？」墨如玉饒有興味地打量她，接著問：「若朕叫妳去跪公主，妳也聽朕的？」

桃曉燕咬了咬唇，狀似為難，但為了皇上，她又一副願意忍耐的模樣，最後似是忍痛下了決心似的。

「如果……如果公主能夠答應別再打主意毀我容顏，我就去向她下跪賠罪。」

墨如玉怔住。「公主要毀妳容顏？」

桃曉燕委屈地點頭，繼續用她的美眸仰望天顏。

「那天公主想毀我的容，我一時害怕，才不管不顧踢了她。」

墨如玉驀地沈下臉。「此話當真？」

桃曉燕點點頭，語帶真誠，還有一點天真。「真的，只要公主答應我，我就去向她下跪賠罪。」

墨如玉盯著她眨巴眨巴的水眸，沈默一會兒，便沈聲開口。

「此事朕會派人去查，若屬實，朕便恕妳無罪。」

墨如玉是個明君，所有明君都希望將來自己死後能名留青史，因此他不允許自己治下出了這種事，尤其這事還牽涉到女兒。

他起身告辭，轉身離去。

送走皇帝後，司徒青染臉如冰霜，回頭冷冷地盯著她。

桃曉燕跳起來，衝到他面前，正色道：「師父，快點製造假證據，只要皇上查到公主要毀我容的證據，咱就沒事了！」

「……」這女人！

司徒青染冷哼，轉身就走，桃曉燕忙拉住他。「師父？」

「放開。」

「咦？你在生氣？」

司徒青染的回答是甩開她的手。

桃曉燕繼續追上去，再度抓住他。

「師父～～」

「滾！」

「我不！」

他回頭，臉如閻羅。「妳好大的膽子。」

她輕哼。「膽子若不大，如何當你的徒弟？」

司徒青染目光如刀，她直視不諱地迎上他的目光，在四目對峙之後，司徒青染突然冷笑一聲，一把抓住她的手臂，把人拉到近前，氣息拂在她的鼻尖上。

「妖女好大的膽子，竟想勾引皇帝？」別以為他看不出來，她看皇帝的眼神不一樣。

桃曉燕眨眨眼，一臉無辜。「他是皇帝，你是國師，兩人都要面子，總不能為了面子撕破臉吧？最好的辦法，就是我來認罪。」

「所以妳就厚顏無恥地去跪他？」

她的神情有些莫名其妙。「除了你，所有人見到皇上都得下跪，難道他們也厚顏無恥？」

「哼！狡辯！」

司徒青染猛然一推，將桃曉燕甩了出去，她一時不防，跌倒在地。

「哎喲，好疼～～」她揉著被摔疼的膝蓋哀嚎。

「滾！」司徒青染甩袖而去。

桃曉燕眼看他進了內屋，任她喊疼也不理她，看來是真的生氣了。

她坐在地上，心中腹誹。

這廝發什麼神經？在這個皇權時代，全天下的人都得跪皇帝，她跪一下有什麼關係？

更何況，那人長了一張周文浩的臉，所以她才沒有躲起來，也願意跪他。

想到皇帝，桃曉燕不禁讚嘆。

即便他不是周文浩本尊，可氣度和心胸卻與周文浩很像。

能在古代見到她的偶像，她高興死了。

她試圖站起來，這一動，忍不住又「哎喲」一聲，她不只膝蓋疼，屁股也疼。

古代女人大門不出、二門不邁，養尊處優的日子過久了，身子禁不起摔呀！

她一邊揉著屁股，一邊腹誹司徒青染。是她跪皇帝，又不是他跪，他有什麼好氣的？

氣她傷他的面子？切！男人哪，古今皆同，死要面子！

不過經過這一次，她知道了司徒青染對她的忍受度很高。

他任她來去自如，她仗著他的名聲在外作威作福，連打公主這種事，他都不怪她，就算皇帝親臨，他也照樣護著她。

如果他真的要她滾，很簡單，只需出張嘴，吩咐白衣弟子把她丟出去就是了。但他沒有，嘴上叫她滾，卻沒有任何動作，由此可見，他說的只是氣話罷了。

他質問她是不是想勾引皇帝？呵，誰不想勾引自己的偶像，那些追星族都喊男偶像叫老公呢。

桃曉燕藉著揉屁股，趴在地上把臉藏起來偷笑。

她的靠山司徒青染讓她十分意外，沒想到他比預料的更加護著她。

當她踢了公主後，深怕皇家報復，便立刻調轉馬頭，直接奔往國師府。

原以為自己要費九牛二虎之力來說服司徒青染保護她，沒想到連吹灰之力都不用。

他雖然對她冷淡，但關鍵時刻卻很可靠，他竟然願意擋在她面前，拒絕皇帝的命令，實在令她頗感意外。

看在今日他護持自己的分上，她可以不介意他的臭脾氣，況且，她還需要他的庇護呢，畢竟今日這事雖然暫時揭過去，但她知道，後續肯定還有事。

雖然皇帝不計較，但皇后呢？公主呢？

桃曉燕越想越認為自己賴上司徒青染是對的，這幾日就得住在這裡，避避風頭。

「喵嗚～～」

玲瓏來到她身邊，用柔軟的身軀輕輕蹭著她。

桃曉燕抬起臉，將玲瓏抱入懷裡，也用臉去蹭貓兒。

玲瓏是司徒青染給她的免死金牌，一定要好好愛護。

桃曉燕只是屁股疼、膝蓋疼，並不是真的受傷，緩了一會兒，終於可以站起來了。

「好疼喔～～」她抱著玲瓏，一瘸一拐地走著，邊走還邊哀哀叫，故意叫給司徒青染聽。

慕兒過來時，看到的就是桃曉燕這一副拐腳走路的德行。

「妳怎麼了？」她詫異地問，還好奇地朝屋內張望了下。

桃曉燕嘟著嘴。「慕兒師姐，師父生我的氣呢，我向他道歉，他不理我，就推了我一下，害我摔疼屁股。」

這話聽起來不像師父罰徒弟，倒像自家人在鬧脾氣，表現出的是親暱。只有親暱的人才會做出推人的動作，而沒有實質的傷害。

慕兒呆住，因為她很難想像國師生氣推人是什麼樣子？

桃曉燕喊了她幾次，她才回神，正色道：「妳不該惹師父生氣，何必去惹怒皇帝，給師父添麻煩。」

她尚不知妖女這次闖了什麼禍，惹得皇帝親臨國師府，但能驚動皇帝，肯定不是小事。

桃曉燕繼續嘟嘴。「我已經跟皇上道歉了，皇上沒怪我，倒是師父很生氣，因為我沒經過他的同意就擅自向皇上下跪道歉，所以他才氣得推我，不理我了呢。」

慕兒又呆住了。

國師竟如此護著妖女？

「師姐，師姐？」

慕兒再度回神，就見自己的手臂被桃曉燕抓著，搖來搖去。

「師姐，我膝蓋也疼，好像擦破皮了，要搽藥呢。」正好藉機拗幾瓶養膚的仙丹回去，研發一下，開發新產品。

妖女雖是妖，但她沒法術，受一點小傷也無法自己修復，就跟凡人一樣。這事國師府裡的人都知曉。

慕兒收起思緒，知道國師的愛徒不能得罪，她把玲瓏抱過來，對她道：「跟我來。」轉身便走。

桃曉燕笑了，趕緊跟在慕兒身後。

對她來說，慕兒就是個小姑娘，雖然傲嬌了點，但很率直可愛。

這幾日桃曉燕就賴在國師府裡。

國師府內的人向來多做事、少說話，過的是清修生活。

弟子們的階級以顏色區分，分別有黑衣、青衣和白衣。

白衣弟子位階最高，可說是國師的親衛隊；青衣弟子居次，主要掌管庶務；黑衣弟子最低，做的是粗重的工作。

桃曉燕沒來之前，國師之下，就是離兒和慕兒兩人最大，只因這兩人負責打理國師的起居，說白了，就是國師的內務丫鬟，最貼近國師，自然位階就高。

這就是為什麼每次國師出巡，只要有人對國師不敬，慕兒就會大聲制止。

其實這種事很好理解，在現代時，桃曉燕也有類似的隨扈。

她身家破億，有自己的秘書、司機、管家、家僕以及保鑣等等，這些是上流人士的基本配備。

秘書、司機及保鑣肯定得跟著老闆出門，慕兒和離兒就像老闆的秘書，而她桃曉燕，則是國師府中的大小姐。

只要她喊司徒青染一天師父，府裡的人就得敬著她一天。

桃曉燕打算在國師府躲一陣子，反正也沒別的事做，閒著也是閒著，她要找人聊天，當然是找慕兒和離兒了。

慕兒是個傲嬌的姑娘，離兒則是清冷穩重，兩人雖沒拒絕她，但也沒表現出熱絡，始終冷冷淡淡。

沒關係，人家是仙師弟子，得端著架子，她桃曉燕是個熟女，大姊姊讓小妹妹們，無所謂。

「來來來，這是上好的茶葉，咱們一起嚐嚐。」

對女人來說，喝下午茶是最好的交際方式。

離兒面無表情，慕兒則抿著嘴，看著妖女厚顏無恥地找上門，熱情地張羅茶具。

慕兒瞥了離兒一眼。師姐，可以趕她走嗎？

離兒對她輕輕搖頭。妖女厚顏，趕不走的，看看她打什麼主意？

慕兒抿抿嘴。好吧。

本來不發一語的兩人，待看清桌上的茶葉及點心時，沈不住氣的慕兒終究還是開口了。

「這是國師大人的茶具，南國上貢的玉竹青和天山雪蓮，皇上特地派人送給國師大人的。」言下之意就是，這是國師大人專屬的茶具、茶葉和點心，她怎麼可以隨便亂拿！

桃曉燕目光一亮。「原來這茶葉叫玉竹青？真好聽。點心叫天山雪蓮？難怪味道這麼香，那更要嚐嚐了！」

慕兒想制止，離兒卻拉住她，示意她別開口。

慕兒忿忿地看向師姐。

師姐，為什麼不讓我說？

妳傻呀，這種事，讓國師大人說就行了。

慕兒愣住，突然會意。

是啊，妖女擅自拿了國師大人專用的茶具，府裡誰不知曉，國師大人愛潔，容不得一點髒。

上回一名弟子不小心在國師大人的杯子上留下指印，被國師大人冷冷瞟了一眼，那名弟子便嚇得跪下，還自請洞中閉關，一個月不見天日，才沒被趕出府去，但事後，那弟子也從白衣降到了青衣。

為了跟隨國師大人，府裡誰不戰戰兢兢？誰不小心翼翼？

這妖女粗枝大葉，國師大人肯定是一時圖個新鮮，才收她為弟子的，但她們相信，假以時日，妖女的粗俗和隨意肯定會觸怒國師的逆鱗，終究被趕出府去。

現在，她們什麼都不必做也不必說，只要忍耐看戲就好。

桃曉燕泡了一壺熱茶，香氣襲人。

她笑咪咪地為她們和自己各倒了一杯，還將點心推到她們面前。

茶水入口，滿嘴清香，點心入口即化。

不管現代或古代，桃曉燕都嚐過美食，尤其在現代，上萬元的茶葉和咖啡，她都品嚐過。

要她來品評的話，這茶葉可以打九十分，至於點心嘛，有七十分。

現代的點心五花八門，用料更多，古代的點心還是欠缺一點變化，這或許跟廚具有關，古代的廚具有限，不像現代那麼多花樣，但能做到七十分，已經是不錯的了。

品了茶、嚐了點心，她滿足地放下杯子，發現她們兩人面前的茶點還擱著不動。

「咦？妳們怎麼不喝呢？嚐嚐點心呀。」

慕兒不說話，離兒則淺笑回覆。「不了，我們身分不夠，不敢。」

桃曉燕挑挑眉。「這樣啊……那我就不客氣嘍！」說完把糕點拿過來。

她們不吃，她吃，浪費了多可惜！

慕兒和離兒兩人對看一眼，暗自交換一個幸災樂禍的眼神，再看向桃曉燕時，已經用看死人的目光來看她了。

彷彿要成全她們的願望似的，當那挺拔的白色身影出現在桃曉燕身後時，慕兒和離兒立即齊齊跪下。

「拜見國師。」

桃曉燕頓住，轉頭看向身後，順著來人的胸膛再往上移，對上一雙居高臨下又冰冷如霜的黑眸。

那個上回生她的氣、好幾天不見人影，以為不打算見她的男人，選在她吃得正香、喝得正爽的時候出現了。

依然是一臉的不悅，跟上回比，沒有減少一分，而且好像更冷了。

第十章

這樣的情形，很少發生在國師府。

不，應該說，大靖朝從沒有發生過這樣的事，而在司徒青染的一生中，更是沒有過。

皇權時代，階級分明，貴賤之分是不能跨越的鴻溝，這種觀念和想法，打從人一出生就已經扎根在骨子裡。

即便是妖，也有階級和貴賤之分。

司徒青染居高臨下，冷冷地盯著這個放肆的女人。

她坐在椅子上，頭往後瞧，嘴裡咬著糕點，即便看到他的出現，她的嘴巴還在繼續嚼，那表情和眼神彷彿在說：喲，你來了喔。

這女人打從一開始就沒怕過他，現在依然是。

她到底哪來的底氣？

白衣弟子還跪著，現場一片安靜，所以還可以聽到嘴巴嚼動的聲音。

司徒青染就這樣冷冷盯著她，桃曉燕覺得脖子有些痠，這情況似乎該有人打破沈默，因此她率先開口。

「要喝茶嗎？」

跪在地上的慕兒身子晃動了下，離兒則是深深地做了個吐納。

她們等著國師大發雷霆，等著妖女受懲罰。

司徒青染的目光在桃曉燕臉上梭巡了一會兒，才走向桌旁坐下，冷冷命令。

「斟茶。」

慕兒身子又晃動了下，離兒則呼吸停滯。

桃曉燕立即笑咪咪地為他斟了一杯茶。「請。」

司徒青染執起杯，在鼻下聞香，挑了下眉。

「茶裡放了什麼？」

不愧是國師，還沒飲用就聞出來了。

「加了茉莉花。」

茉莉花的香味很適合搭配這茶葉，因此她試著加了幾片花瓣，兩種香味融在一起，十分相襯。

司徒青染疑惑。「茉莉花？」

「是一種不起眼的小白花。」

國師府的花園裡有各色花朵，就跟皇帝的御花園一樣，牡丹、芍藥或桃花，萬紫千紅，美不勝收，至於茉莉花這種不起眼又單調的小花，根本沒人注意。

桃曉燕在花園角落發現了茉莉花，正好要泡茶，就順手摘了幾朵，加在茶葉裡，熱水一沖，茉莉花的香氣融入茶葉，不但不會影響茶葉原有的味道，還添了淡淡的花香。

司徒青染啜了一口，淡然道：「尚可。」

「喝茶要配點心。」桃曉燕獻寶似的把盤子推過去。「算你幸運，我吃了一半，還剩下半塊，給你吃。」

還剩下半塊，給你吃。

還剩下半塊，給你吃。

還剩下半塊，給你吃。

慕兒和離兒兩人身子晃動，都快跪不穩了。

這妖女好大的膽子，別說剩下了，竟敢把自己吃了一半的東西留給國師？她讓國師吃她剩下的？

重罪！

該罰！

她、死、定、了！

司徒青染盯著那咬了一半的點心，半晌沈默不語。

良久之後，他將盤子推回去給她，命令。「再去端一盤點心過來。」

無人應聲，亦無人有動作。

司徒青染擰眉，看向慕兒和離兒，她們也呆呆地看著他。

「發什麼呆，還跪著幹什麼？」

她們之所以跪，還不是因為國師一進屋就坐下來喝茶，直接把她們晾在一旁。

慕兒和離兒連忙起身，恭敬地站在一旁。

「去端一盤點心過來。」

「是……」

桃曉燕邊吃邊補了一句。「多端幾盤過來，大家一起吃啊。」

慕兒和離兒神情僵硬地看向國師。

司徒青染道：「賜妳們點心，回自個兒屋子去吃吧。」

慕兒和離兒已經不知道該說什麼，內心欲哭無淚。國師大人，這裡就是我們的屋子啊。

司徒青染終於想起來，便又改口道：「自己去找別的地方坐下來吃吧，這裡不用伺候了。」

慕兒和離兒神情木然，領了命令，轉身退出去。

待她們走後，桃曉燕向司徒青染抗議。

「幹麼讓她們離開？我找她們喝茶呢。」

司徒青染瞟了她一眼，身子往後靠上椅背，屬於上位者特有的清冷睥睨和疏離，在此時蕩然無存。

當四下無人、只有他們兩人時，他逐漸放鬆了身子，變得慵懶而恣意。

他拿起杯子，在指間摩挲，斜眼瞄她。「這茶具哪來的？」

桃曉燕詫異。「師父真健忘，這茶具是您屋裡的，您忘了？」

還真敢說。

「妳可知，上一個未經允許偷拿這套茶具的人，雙手已廢？」

她握著茶杯正要就口的手頓住，抬眼，一臉驚訝。

「誰那麼大膽，竟敢偷師父的茶具？」

「妳的膽子跟他一樣大，未經我允許，竟敢拿我的茶具，是打算不要雙手了？」

桃曉燕眨了眨眼，對上他隱含危險的目光，立即放下杯子，拿起茶壺殷勤地為他添茶。

「師父這麼疼我，一定不會怪我的對不對？」

「那可不一定。」

桃曉燕心思飛轉，這廝若是真的生氣怪她，以他那麼潔癖的脾性，肯定不會跟她說這麼多廢話，直接廢了她的雙手。

連皇帝來問罪都替她擋下的人，怎麼可能廢她雙手？

相處至今，兩人一來一往，桃曉燕多少也感覺得出司徒青染對她的放任似乎有些超出預期。

她膽子大沒錯，但那是一開始豁出去的膽子，其實後來的大膽是被司徒青染慣出來的。

沒有司徒青染為她撐腰，她哪敢再惹事？

察覺到司徒青染對她的放任後，她便更加隨興，也更加肆無忌憚，所以她用了他的茶具。

「師父別生氣，徒兒錯了，下次不敢了。」藉著道歉，她很自然地來到司徒青染身後，為他按摩肩膀。

司徒青染並未阻止，反倒還真的享受起來，桃曉燕就更大膽地為他揉捏肩膀。

當慕兒送來糕點時，正好看到這一幕。

不輕易讓人近身的國師大人正閉著眼，一臉享受。

慕兒表情已經麻木了，她算是看清楚了，國師是真的疼愛這個妖女，把她當愛徒了，如果她再不明白，擅自得罪妖女，以後只會吃不完兜著走。

把糕點放下後，慕兒正要恭敬地退出去，就聽國師的命令傳來。

「來人。」

慕兒停住，立即轉身。「弟子在。」

「桃曉燕擅自拿本座的茶具，念其初犯，不斬其手，但其性子頑劣，屢屢闖禍，需好好整治，關黑牢一個月。」

桃曉燕僵住，瞪大雙眼。

慕兒也呆住了，關黑牢？

司徒青染睜開眼，目光清冷。「還愣著做什麼？」

慕兒神色一凜。「是。」

她走向桃曉燕，抿了抿唇。雖然她平時對妖女很有意見，但這時也不免對妖女露出同情的目光。

黑牢那種地方，別說待一個月，待三天都讓人受不了。

「走吧。」慕兒看著她僵硬的臉色，勸道。

桃曉燕終於回過神來，她差點忘了，這男人喜怒無常，說變臉就變臉，之前還害她被公主砍了一刀，差點死掉呢。

這男人明明冷心冷性，她怎麼會以為自己被他特別對待，得了他的寵呢？

枉費她在商場上歷練那麼久，居然輸給一個二十幾歲的小夥子。

小夥子的原則一開始就擺在那兒了，他是仙，而她是妖，仙妖不兩立，他豈會對一個來路不明的妖女有情？是她太自以為是了。

桃曉燕認清了這一點，冷笑，不抗議也不掙扎，逕自越過他，頭也不回地走出去。

黑牢是什麼地方，桃曉燕不知道，但光聽這名字就知道肯定是個糟糕至極又黑漆漆的地方。

她是個能屈能伸的人，但這一次，她不想屈就自己去討好司徒青染。

她很火大，不光是氣司徒青染，更氣的是她自己。

人家不過對她放任幾次，她就自以為自己得寵了，其實人家根本當她是個屁。

心情好，把她呼之即來；心情不好，就對她揮之即去。

桃曉燕從來沒這麼窩囊過，氣自己明明受了一次教訓，怎麼就學不乖呢？竟然相信他對自己是特別的。

真是丟臉死了！

關黑牢嗎？她冷笑。呵，她連死都不怕了，哪裡還會怕一個黑牢？

跟在一旁監管的慕兒用眼角餘光看她，見她如此安靜，連求饒都不肯，也能感覺得出她在生氣。

慕兒雖然不喜她，但也沒厭惡到要人家關黑牢的地步，說白了，她也是因為桃曉燕是妖女而對她有成見罷了。

現在仔細想想，其實人家態度挺好的，不但不介意她的冷漠和白眼，始終對她微笑以對，就算成了國師的徒弟，也沒擺架子。雖然不太守規矩，但不管是喝茶還是吃糕點，也會想到她和離兒師姐。

慕兒咬了咬唇。真糟糕，她發現自己好像也不是那麼討厭妖女，甚至還挺同情她的。

慕兒深吸一口氣，清了清嗓子，有些艱澀地開口。

「妳……妳別擔心，國師只是在氣頭上罷了。」

桃曉燕頓住，看向她，瞧見年輕少女臉上略顯擔憂卻又矜持的眼神，知道少女其實不壞，只是傲嬌了點。

桃曉燕彎起唇角，笑咪咪地回答。「他不是氣頭上，他是器量狹小。」

「……」沒聽到，沒聽到，她什麼都沒聽到。

在國師府裡，大概也只有這妖女敢公然罵國師了。

「我早就告誡過妳，不要惹國師，妳就是不聽。」

桃曉燕笑著點頭。「現在知道了。」

慕兒咬了咬唇，忍不住又道：「忍一忍，等國師氣消了，妳就可以出來了。」

桃曉燕依舊笑著點頭。「好。」

慕兒見她還是一副大事不怕天塌的模樣，有些氣急。

「進黑牢可不是開玩笑的，妳就不怕？」
桃曉燕奇怪地問：「不就是黑暗無光的地牢嗎？」
慕兒把唇抿得更緊了，看她的目光露出同情。
桃曉燕挑眉。「妳就直說吧，黑牢是個什麼地方？」
慕兒深吸一口氣，心有餘悸地開口。
「那是一個會讓人發瘋的地方。」
桃曉燕頓住，緊擰眉頭。「能不能說清楚點，為何讓人發瘋？」
慕兒先是四下張望，確定沒有其他人之後，便靠近她，壓低聲音道：「黑牢關押的……都是妖魔鬼怪。」
桃曉燕頓住。「真的？」
「當然是真的，那些妖魔鬼怪都是被國師收伏下來丟到黑牢裡，怨念很深的。」
提到那些妖魔鬼怪，慕兒便心中發毛。
她雖然沒進過黑牢，但曾看過一位犯錯的弟子被丟進黑牢半個月，放出來後整個人消瘦憔悴，精神也變得恍惚，半夜常常驚醒，醒來後又哭又叫的，如此反反覆覆，大家都說那名弟子瘋了。

聽完慕兒的解說後，桃曉燕先是愣住，接著露出不可思議的神情。

「真的有妖魔鬼怪？」

她的意思是，妖魔鬼怪真的「存在」？但顯然慕兒並沒有聽懂，只當桃曉燕是被關押妖魔鬼怪這件事嚇到了。

畢竟妖魔的世界很亂，妖魔也會欺負妖魔的。

「是啊，他們是國師關押的犯人，被國師用陣法禁制，雖然傷不了人，但嚇人啊，跟那些妖魔關在一起，天天面對他們，不被逼瘋才怪。」

慕兒回憶起那名弟子的慘狀，便感到心有餘悸。從那時候起，黑牢這個地方已經在弟子們心中留下了可怕的印象。

桃曉燕懂了，這就像是現代關押重刑犯的監獄一樣，獄警和監獄長只管不出人命，至於犯人間的鬥爭、打鬧，獄警和監獄長是睜一隻眼、閉一隻眼。

也就是說，黑牢是個重犯聚集之地。

新人入獄，跟重刑犯關在一起，天天面對這些犯人，心理上定會承受極大的壓力，時時刻刻不得安寧，精神一直緊繃著，時間久了，不瘋才怪。

桃曉燕生在現代，一切都講求科學根據，在她的認知裡，所謂妖魔鬼怪都是電視和小說虛構出來的東西。

她本不信鬼神，只當是迷信，可自從她的靈魂穿越到古代，又見識到司徒青染施展的法術後，她已經完全改觀。

她見識過仙術，卻從沒看過妖魔鬼怪。

「喔……原來如此。」

她的目光異常雪亮，唇角緩緩彎起，就跟當時親眼見到司徒青染以法術讓箭停在空中時一樣，她對所謂的妖魔鬼怪充滿了興趣。

慕兒被她盯得發毛，為什麼她總覺得桃曉燕看起來好像很高興？應該要恐懼才對吧？

「妳……」

「妳等等，我先回屋整理包袱，還要帶些吃食，以及一些收藏的小玩意兒，路上還可以玩。」

「……」這女人竟然那麼興奮？她有毛病嗎？這又不是去郊遊踏青。

慕兒本來還同情她，見她居然不知死活，便又板起面孔，沒好氣地道：「我可警告過妳了，妳好自為之啊，到時候別後悔哭了。」

「好好好，慕兒心地善良，我心領了，放心，我一定好好對待他們，不惹事。」

這語氣聽起來怎麼有種找麻煩的感覺？

慕兒氣惱，這女人到底明不明白，妖也會欺負妖的……

算了！多說無益，笑著進去總比哭著進去好，希望她能撐過一個月，千萬別瘋啊！

桃曉燕是真的好奇，原本鬱悶的心情突然好了起來。

既然要去一個從沒去過的地方，多準備些隨身行囊總是好的，這叫有備無患。

慕兒大概也懶得罵她了，這小姑娘心地還是挺善良的，嘴巴叨念，但實際上還是允她回屋整理要帶進黑牢的包袱。

慕兒沒料錯，桃曉燕的確把關黑牢當郊遊，當她揹著一個大包袱出現時，慕兒的臉都綠了。

最終，慕兒一改往常，居然沒有刁難她，而是默認她帶著大包袱去黑牢。

桃曉燕一邊笑一邊想，若這次她能好好的從黑牢出來，到時她一定收慕兒當乾妹妹，這丫頭很對她的脾性。

「到了。」慕兒說。

桃曉燕左看右瞧，一臉新鮮地問：「門呢？在哪裡？」

慕兒看著她一臉亢奮的神情，一陣無語。明明是妖女，卻一點法術也無，連黑牢的門都瞧不見，簡直跟個凡人一樣。

她沒好氣地指了指。「就在妳前面，妳看不到嗎？」

桃曉燕一臉莫名其妙。「我前面？這怎麼可能，前面根本——」她突然沒了聲音，只因為她伸出的手好似進入一個看不見的空間，只剩下半截露在外面。

桃曉燕把手臂收回來，就見整條手臂完整無缺，沒有斷掉。

她驚訝地眨了眨眼，又試著把手慢慢伸出去，就見自己的手臂在空中某個看不見的空間，慢慢地沒入、消失。

不會痛，但有感覺。

「哈！異次元空間？」她興奮道，聲音高亢了幾度，令慕兒感到莫名其妙。

「妳說什麼？」

桃曉燕嘻嘻笑。「沒什麼，這個就是門，對吧？那我進去嘍，掰掰。」

慕兒嘴角抽了抽，目送一臉嘻笑的她，還對自己揮揮手，人就沒入了黑牢，自個兒進去了。

慕兒心情複雜，說不出是同情她還是氣她，人就這麼走了，不哭不鬧，當郊遊踏青似的。她沒見過這麼奇怪的妖女，更奇怪的是，她居然對妖女生出不捨之情，有一種想哭的感覺。

她搖搖頭，把這鬱悶的心思壓下。國師決定的事，誰都不能更改，只希望傻人有傻福。

拜託，千萬別瘋啊。

她轉身要去回報，忽然一怔，趕緊福身行禮。

「國師。」

司徒青染越過她，來到黑牢門前，盯著眼前的黑牢之門。

妖女瞧不見黑牢，但他們修仙之人卻能瞧見，黑牢之門是一個結界，像水鏡似的一道牆，隔在眼前。

這道結界是他設下的，關押著他所收伏的大大小小的妖魔。

「異次元空間？」他喃喃自語。

司徒青染的聲音雖低，但慕兒站在他身後，卻能聽得清楚，心中不禁詫異，原來國師一直跟著她們。

國師突然回頭，對她吩咐。

「對外放出消息，就說本座閉關一個月，任何人來都不見。」
慕兒神色一凜，挺直背脊，恭敬回覆。「弟子遵命。」
丟下這道命令後，司徒青染也踏入黑牢，修長挺拔的身影沒入水鏡裡，消失在結界的另一頭。
慕兒不禁震驚，國師竟然跟著妖女一塊兒進黑牢了！
她以為國師震怒，妖女失寵，可是妖女前腳才進黑牢，國師後腳也跟著進去了！
這表示什麼？表示國師根本沒有震怒，妖女也沒有失寵。
但是……但是……如果國師在乎妖女，為何要罰她去黑牢？若是心疼妖女，就別讓她進黑牢啊，他不但讓妖女進黑牢，自己還跟了進去，何苦？根本多此一舉。
慕兒想不通，一個人走來走去正苦惱時，有人喚住了她。
「慕兒師妹。」
她怔住，轉身一瞧，立即回神，朝對方福了福。
「大師兄。」
吳衡對她微笑點頭，與他一起來的還有離兒。
「師妹，妳在這裡做什麼？」離兒問。

慕兒是忠心耿耿的弟子，凡事以國師馬首是瞻，這也是司徒青染為何讓她近身打理起居，也把玲瓏交給她的原因。

凡事只要關乎國師，慕兒就會提高警覺。

她謹記國師的交代。「沒做什麼，只是心煩，走著走著就走到這裡來了，倒是你們，怎麼會一起走到這裡來呢？」

她不提還好，這一提，離兒便有些不自在地轉移話題。「大師兄要找國師。」

慕兒聞言，佯裝驚訝。「咦？國師先前才交代說他要閉關一個月呢，大師兄不知？」

吳衡頓住。「師父要閉關？怎麼這麼突然？」

「我也不知，國師要閉關，一個命令下來，咱們做弟子的也只能奉命行事，其他的我可不敢多問，我還想問大師兄和師姐呢。」

吳衡雖訝異，但他找師父，也只是想知道一件事。

「我聽說桃師妹來了，便來看看。她人呢？」

慕兒繼續裝傻。「哼，她可享福了，在咱們屋子裡喝茶吃糕點呢。」

離兒道：「她不在那裡。」

「咦？怎麼會，她去哪裡了？」

這也是他們的疑惑，便是因為撲了個空，才要找慕兒問清楚。

「聽其他弟子說，瞧見妳和桃師妹往這裡走。」

「誰跟她一塊兒走，我恨不得離她遠一點呢！她適才有纏著我沒錯，但半路我就甩開她了，你們沒遇著她？」

兩人搖頭，看這情況，似乎慕兒也不知人去了哪兒。

找不到人，國師又閉關，吳衡撲了個空，臉上有些失望。

離兒安慰道：「大師兄，國師既然閉關，妖女肯定是回桃家了，不如我派人去打聽？」

吳衡回頭看向離兒，微笑道：「不必麻煩了，我來也只是順道打個招呼，既然見不到人，那就改日吧，等師父出關再說。倒是兩位師妹，可願與我比劃陣法？」

這是要對練了。吳衡是國師的內門弟子，唯一有仙根的仙徒，眾弟子都仰慕他，只要他開口說要對練，眾弟子都恨不得搶先一步。

離兒聽了欣喜，立即點頭，慕兒卻搖頭。

「我有事，改日再向大師兄討教。」說著故意朝離兒眨了眨眼，這眼神示意太明顯，當然被大師兄瞧見了。

離兒臉蛋紅了，朝慕兒瞄了一眼，吳衡將兩人的表現看在眼裡，瀟灑地笑了。

「好吧，既如此，妳隨意。離兒師妹，咱們去練功房吧。」

「是，大師兄。」

慕兒笑嘻嘻地目送兩人離開後，立刻收起笑容，陷入沈思。別看她平時容易衝動，其實有些事，她看得比離兒師姐還清楚。

大師兄是皇家人，將來要娶的肯定是權臣貴女，況且，聽說他與公主是青梅竹馬呢。

慕兒知道離兒師姐喜歡大師兄，但她總覺得離兒師姐若要跟著大師兄，只能做妾……

慕兒搖搖頭。算了，不管了，這不是她該擔憂的事。

她回頭看向黑牢之門。

這門設下結界，只有國師能決定誰可以進去。

國師讓妖女進去，然後他自己也進去了，連大師兄都不知曉，她便明白國師要她瞞著所有人，因此她適才才會故意裝傻。

一個月呀……

慕兒搖搖頭，她不明白，她只知道妖女沒失寵就行了。

想到此，她把所有的同情收回來，恨恨地想，真不明白那妖女何德何能，竟能得到國師大人如此對待。

她嫉妒死了，哼！

第十一章

桃曉燕還以為進黑牢後，她會見到一個陰暗又潮濕的監獄，結果呢？根本完全顛覆她的想像。

她看見的是一片翠綠茂密的森林，有山有水，有湖泊，還有百花齊放。

這他媽的根本是個人間仙境啊！

黑牢？黑在哪兒？牢又在哪兒？她懷疑自己是不是又穿越了？

思及此，她立即回頭，好奇伸出手，只摸到一片空氣，那道隱形門不見了。

也就是說，那道門只能進，不能出，一進來就出不去了。又或者，入口和出口是完全不一樣的通路。

桃曉燕在原地發怔，接著聳聳肩，那又如何？管它是穿越還是什麼，既來之則安之，當初跑到古代再也回不了現代時，她就已經接受現實了，現在進了黑牢，出不出得去對她來說根本沒差，就當自己又穿越了一次吧！

她漫無目的地走走看看，一開始是興奮又好奇，畢竟這兒實在太美了。

有一句話怎麼說的？此景只因天上有，大概就是這個意思，說此處是仙境都不為過。

她邊走邊瞧，慶幸自己帶了個大包袱來，走累了就吃些零嘴。

她以為半路說不定會殺出個妖怪或妖精，但隨著時間流逝，見不到任何一隻妖魔鬼怪，她不禁懷疑妖魔鬼怪的真實性。

正當她感到有些無聊時，忽然聽到動靜，讓她整個人又來勁了。

是妖怪嗎？

桃曉燕很興奮，這感覺就像一個考古學家，即將見到已經滅絕的恐龍再世一般。在她有生之年，能親眼見證這世上到底有沒有妖魔鬼怪，也是不錯的經驗。

她朝著聲音來源尋去，卻發現一隻……不是，是好幾隻……妖怪？

桃曉燕躲在樹後，睜大眼盯著。

是一群妖怪沒錯，因為他們的長相明明白白地寫著「妖怪」二字。

他們看起來像人，唯一的不同是，他們有狼耳、狼尾巴，而且看起來還像是一群沒長大的孩子。

他們圍成一圈，正在欺負中間的一隻小妖怪。

那隻被欺負的小妖怪正被打趴在地上，感覺有點慘。

桃曉燕只是旁觀者，弱肉強食，同類欺負同類，她沒什麼感覺，只當看動物奇觀，因為她還處在震驚中，有長耳和尾巴的妖怪，天哪！她不是作夢，這世上真的有妖怪！

一群妖怪對著趴在地上的小妖怪咒罵著。

「就罵你娘了怎麼樣？你娘是低賤的族類！」

「咱們狼族血統高貴，不接受混血！」

「你爹背叛狼族，離家出走娶了別族的，生下你，沒有狼耳，沒有狼尾巴，更沒有狼爪，丟臉死了！」

「滾開！咱們狼族不歡迎你！」

「你是狼族的恥辱！」

喔？狼族？所以是狼妖嘍？

桃曉燕像在看電影一般，只當自己是觀眾，心想原來妖怪也有種族歧視哪。

其中一位狼妖小孩似是這群小妖的老大，高傲地在一旁指揮。

「快！把這低賤人族生出的傢伙衣褲剝光，讓他去遊街，讓大家瞧瞧，他連根狼毛都沒有！」

「好咧！」

桃曉燕怔住。等等，人族？他們罵人族低賤？那麼被他們欺負的小孩子是……

「放開我！我娘才不低賤，她雖然是人，但比狼族好太多了！」

「住嘴！快把他扒光！」

大夥兒七手八腳地圍攻他，要去剝他的衣衫，被欺負的孩子奮力抵抗，但他一人難敵眾拳，整個人被架住站起來，終於可以瞧清他的長相。

是個約莫五、六歲的小男孩，身上都是泥巴髒污，臉上被揍得鼻青臉腫，還掛著鼻血，身上的衣物已經破破爛爛，被其他小孩用力一扯，露出上半身，身上也掛著大大小小的傷痕。

那是久經霸凌的傷痕。

「脫他褲子！脫他褲子！」

「哈哈哈，好咧！讓他脫光光，看看沒有狼尾巴的屁股有多醜陋！」

人類小孩死命地掙扎，但他的四肢都被架住，動彈不得。

他眼中有著屈辱與恨，但他卻無法抵抗。

眼看人家就要扒他的褲子，讓他一絲不掛，他還是不放棄掙扎。

孩子王正頤指氣使，等著看好戲，突然被人踹了屁股一腳，往前撲倒。
所有狼孩子們都愣住了，驚訝地看向後方，不知何時，竟出現一個女人。
「哪來的女人？」
「怪了，我竟然聞不到她的味道？難道是咱們鼻子出問題了？」
狼鼻子很靈，根本不可能讓人近身而沒發覺。
「咦？是人！」
「是人！是人！」
「竟然是人！」
「怎麼會有人？」
吵死了。
桃曉燕只見過人被妖嚇，沒見過人也可以嚇到妖，這世界真是無奇不有。
在黑牢外，其他人見到她，罵她是妖女；在黑牢內，妖怪見到她，罵她是人。
也就是說，偏見其實是因時因地因人的不同而改變的。
她扠腰，冷冷威脅。「沒錯，我是人，快放開他，一群人欺負一個人，丟不丟臉啊？」

桃曉燕才不管對方是妖是人，她最見不得霸凌這種事，妖怪竟然歧視人？她沒嫌他們有尾巴，他們卻嫌人沒尾巴的屁股很醜，這讓她很不爽！

「大膽，竟敢闖入咱們的地盤，找死！」

「把她抓回去！」

「讓她嘗嘗咱們的厲害！」

桃曉燕最討厭小屁孩，尤其是這些半大不小又頑劣的屁孩，最煩人了。為首的狼妖孩子王伸出長長的狼爪，猛然抓向她。

桃曉燕想也沒想就直接躲開，反手用力一拍，把人給拍到地上去了。

狼妖孩子王頓時傻了，桃曉燕也傻了。

她看看自己的手掌，再瞧瞧被她打趴在地上的狼妖，居然被打回原形，變成了一隻未成年的小狼崽。

這情況前所未見，小狼崽瞪大眼，其他狼妖也露出驚恐的表情，看她的眼神就像看妖魔鬼怪一樣的害怕。

「嗷嗚——嗷嗚嗷嗚——」被打回原形的小狼崽對她嚎叫，無法像人一樣說話，桃曉燕雖然聽不懂，但一聽也知道他在罵人。

發現自己這麼厲害之後，桃曉燕底氣更足了，人有驕傲的本錢就要好好囂張一下。

她嘿嘿冷笑。「老娘正缺一塊狼皮做圍巾呢，正好把你的皮剝下來。」

說話時還上下打量他，看看要從哪裡下手。

小狼崽聞言嚇得跳起來，轉身就跑。其他狼妖見狀，也跟著一起溜之大吉，不一會兒就逃得不見蹤影。

桃曉燕只是想嚇嚇他們，不會真的去剝狼皮，她心情超好，適才那一掌拍下去，拍出了她的能力。

如今她可以確定，不但仙術對她無效，妖術也一樣，她還有什麼好怕的？

她看著自己的手掌，十分得意，突然想起什麼。

喔對了，她是來救人的。

她轉頭去尋，瞧見那孩子坐在地上，正呆呆地盯著她，顯然也被她剛才那神奇的一掌給驚到了。

她走上前，伸手想要扶起對方，就見小男孩瑟縮地退後，眼神防備。

雖然小男孩全身髒污，但遮不住那一雙好看的眼睛。

桃曉燕停住腳步，放柔嗓音。「你別怕，我不是狼，是人。」見男孩不說話，只是瞪著一雙眼，她又指指自己的耳朵和臀部。

「是真的，你瞧，我跟你一樣，是人的耳朵，也沒有尾巴呢。」

小男孩打量她，終於小聲地開口。「妳真的是人族？」

「是啊，我是人族，我不會傷害你的。」

小男孩有些半信半疑，就像一隻受驚的小動物，處在戒慎小心中。

可憐的孩子，看他這表情，肯定長期被欺負。

桃曉燕蹲下身，與他目光平視，語氣也更加溫柔。「我雖然打跑了他們，但就怕到時來了更多狼，想走都走不了，你總不想又被脫褲子吧？」

這話果然說動了倔強的小男孩，他想了想，終於點頭。

她笑著對他伸出手。「來。」

小男孩猶豫了下，終於慢慢伸出手，握住她的手。

桃曉燕將小男孩拉起來，笑咪咪地問：「你叫什麼名字？」

小男孩看著她，幽幽地說：「我叫冉青。」

「喔，你叫冉青啊，我是燕燕，你以後叫我燕燕就好了。」

司徒青染面無表情地看著她笑得一臉燦爛，忍住嘴角的抽動，緩緩開口。「燕燕。」

桃曉燕聽了很高興，又問：「你家住哪裡？我送你回去吧，免得那些死小孩又來欺負人。」

司徒青染伸手指了一個方向。「我住那裡。」

桃曉燕順著他指的方向看過去，一片密密麻麻的森林，除了樹，還是樹，看得她一臉霧煞煞。

她回頭笑道：「原來你家在那裡啊！那走吧，趁天黑之前，咱們趕快回去。」

妳根本不知道在哪裡吧？司徒青染面上不顯，裝作不知，於是一大一小，攜手作伴，一起朝目的地出發。

桃曉燕心中暗暗鬆了口氣。說真的，她本來還在煩惱晚上睡哪裡呢？

雖然她不怕黑牢，也不怕妖怪，但是如果有屋住、有床睡，還是比露宿野外的好。

她牽著小男孩的手，看似是她照顧他，其實她是怕走丟，這裡東南西北她根本搞不清楚，有小男孩當指引，總比她一個人瞎走的好。

趁這個機會，她向冉青打聽。

「你家裡有些什麼人？」

「只有我一個。」

真的？太好了！

「你爹娘呢？」

「都不在了。」

噢，好可憐。

「你住的地方離這裡有多遠呢？」

「不遠，很快就到了。」

太好了，她先前走了老半天的路，腳已經很痠了。

雖說不遠，可當時間過了大約半小時，桃曉燕忍不住再問：「你家還有多遠？快到了吧。」

「快了。」

她振作起精神，忍一忍，心想估計再走個十來分鐘吧，可當半小時又過去時，她終於走不動了。

「你家到底還有多遠啊？」

司徒青染指著前方。「很近，過了那座山頭就到了。」

桃曉燕聞言差點沒崩潰，原來她跟他的代溝有一座山那麼大，簡直讓她欲哭無淚。

「不行，我走不動了。」她直接席地而坐，再也支撐不下去了，那一座山頭打敗了她的意志力，她脫下一只鞋子，指著腳趾頭。「你看，都磨破皮了。」

他瞧了瞧她的腳丫子，趾頭旁邊確實磨破了，再瞧瞧她，這麼大一個人居然眼眶泛淚。

「……妳怎麼這麼弱？」打狼妖時強悍得像個潑婦，竟然因為磨破腳丫子而哭？

桃曉燕聽出他語氣中的嫌棄，不服氣道：「那不一樣好不好，打人是用手，走路是用腳！」

司徒青染嘴角抖了下。她還真好意思說，他都不好意思聽了。

見她似乎賴在地上不起來了，他想了想，便道：「我揹妳吧。」

換她一臉嫌棄。「你揹得動嗎？」

「可以，就怕妳不敢。」

她奇怪地看他。「我有什麼好不敢的？」

他沒再解釋，只是閉上眼，接下來的畫面，桃曉燕終其一生都記得，曾經有個男人，在她面前現出真身給她看，當時的震撼，她臨死之前都忘不了。

小男孩在她面前開始現出原形，他的臉變了，四肢伸出狼爪，耳朵尖尖，屁股也有了尾巴，一身的銀毛覆體。

當他再度睜眼時，狹長的黑眸閃著幽幽的綠光。

他變成了一隻狼，不是小狼，而是一隻巨大的銀狼。

「……」桃曉燕瞪大眼，張大嘴，半天合不起來，整個人定格了。

銀狼看著她，以為她是嚇到說不出話來，誰知她突然抱住他。

「啊啊啊啊啊——」女人抱著他尖叫。「變形金剛啊！」

什麼意思？

司徒青染搞不懂她，應該嚇傻的人，竟反常地高興極了。

桃曉燕摸著毛茸茸的銀毛，用臉去蹭，一臉享受。「太好了，有現成的圍巾，冬天不怕冷了。」

「……」司徒青染在考慮要不要把她甩開。

桃曉燕才不怕狼呢，沒想到看似弱不禁風的小男孩，竟然可以變成一隻大狼。她也終於明白為何他說可以揹她了，一改適才要死不活的樣子，馬上自動自發地爬到他背上。

「走吧！駕！」一聲音嘹亮又亢奮。

司徒青染黑著臉，他是狼不是馬，這女人……可想到接下來的目的，他忍住了把她甩下來的衝動。

銀狼揹著女人，在森林中奔馳，兩旁的景物飛速後退，快得讓人看不清楚，桃曉燕緊緊抱住他，整個身子都貼在狼背上。

她終於明白為何冉青說快了，因為對狼而言，要過一個山頭，如同武林高手飛簷走壁，確實很快。

小男孩的家就在山頭另一邊的半山腰上，是一座茅草屋，有圍欄、有院子，院子後有山泉，還有灶房和浴房。

桃曉燕好奇地四處探看，這裡地勢高，可以俯瞰四周，視野極好，四周是一片密密麻麻的森林。

茅草屋除了主房，還有東西兩間側房，她很高興，因為今晚住宿有著落了。

聽到身後動靜，她轉頭去看，就見冉青已經恢復成小男孩的樣子。

真沒想到一個看似五、六歲的小孩，居然可以變成大狼。

她好奇地問：「你既然可以變成狼，為何那些人要歧視你？」在她看來，冉青的狼身十分威武，應該很受狼族歡迎才對呀。

小男孩沈默了一會兒，才說道：「因為我與他們不同，在狼族，我有人的特性，在人族裡，我又有狼性，所以不被接受。」

桃曉燕聽懂了，這就是所謂的異類，不管是人族或狼族都會排除異己。

她突然很心疼。

「那是他們不懂，依我看，你這叫有特色，萬中選一，出類拔萃，在我那個世界裡，異類才受歡迎呢。」她摸摸他的頭，注意到他臉上的髒污，她立即找了一塊布，浸了水擰乾後，親自幫他擦洗。

司徒青染沒有拒絕，只是靜靜地盯著她。

這女人在幫他擦臉時，露出十分溫柔的眼神，她動作輕柔，像在擦拭一個珍貴的寶物，彷彿怕弄壞他似的。

他把她送進黑牢，發現這女人不哭也不叫，還一路看風景，而他則一路暗中跟著她、觀察她。

為了方便接近她，他故意化身成小男孩的模樣，其實就算她不救他，他也有辦法給自己找個理由脫身，只是沒想到她不但救了他，還主動接近他。

他從沒見過她這一面。

在他面前，她總是潑辣、狡黠，還很厚顏無恥，倒是沒想到，她也有如此溫柔爽朗的一面。

女人為他溫柔拭臉的舉動，勾起他久遠的回憶，上一個為他拭臉的女人，是他那已經逝去的娘親。

他的娘親，也是這麼的溫柔似水。

桃曉燕將小男孩的臉擦乾淨後，不禁被驚豔了。

「哇！好俊的小正太啊！」

小正太？

她恨恨道：「這麼俊的一張臉，卻被打成這樣，真是糟蹋了！那些死小孩，下回我見一個打一個。還疼不疼？」

看她一副心疼的樣子，雖然他不疼，但……

「很疼。」他說。

「不疼，不疼，我吹吹。」她輕輕對他的臉蛋吹氣。

司徒青染覺得，如果吹氣就會不疼，挺蠢的，但看女人如此心疼地伺候他，他挺受用的，遂也沒阻止她。
桃曉燕心疼死了，這麼小的孩子，沒了爹娘，自己一個人單獨過活，可以想見他的日子有多麼孤獨難熬。
幸好，她來了，從此以後，有她陪伴，她不會讓冉青一個人孤獨下去。
「改天我替你報仇去，教訓那些沒人性的傢伙！」
「他們是狼族，當然沒人性。」
「我罵的是司徒青染，那個死沒人性的臭傢伙。」
小男孩嘴角抽了下。
「咦？嘴巴也受傷了嗎？」
「沒事。」他轉移話題。「對了，妳是誰？為什麼會在這裡？」
「我是桃曉燕，是被某個沒人性的傢伙丟到這裡來的。」
「……」小男孩忍著嘴角不抽動。
桃曉燕突然想到什麼。「對了，我聽說這裡是黑牢，許多妖怪被關押在此，你也是被抓進來的？」
小男孩點頭，卻聽得她罵道：「狼心狗肺的東西，連小孩子也不放過！」

司徒青染心情複雜又矛盾，他到底是該獎勵她為自己義憤填膺，還是該懲罰她背後罵他呢？

他決定略過這個問題，以後再來計較。他這次接近她的目的，便是要探知她的底細。

「妳……」

「燕燕。」桃曉燕指著自己，笑咪咪地糾正。

「……燕燕，妳是哪個妖族？」

「我是人啊。」

「妳剛才也說，黑牢是關押妖怪的地方，只有妖怪才會被關進來。」

「我真的就是人啊，你看我哪一點像妖了？」

小正太還真的仔細盯著她。「妳若是人，又為何能不受法術影響？妳是不是有什麼法寶？或者……妳學了某種厲害的法術？」

這便是司徒青染要探聽的真相，在黑牢外，她不肯說，那麼把她丟進黑牢，面對一個可憐無助的小男孩，當她發現自己可能出不去又放下戒心後，是否會坦誠相告？

桃曉燕大大地嘆了口氣。「唉，這件事還真是說來話長，若要長話短說，也是可以的，我確實是人沒錯，只不過，我不是這個世界的人。」

小正太目光閃了閃，好奇問：「什麼意思？」

「就是字面上的意思，我不是你們這個世界的人。」

小正太看著她，幽幽地問：「妳是鬼？」

桃曉燕噗哧一笑。「我就知道你們會聽不懂，這麼解釋好了，你們的世界，有人有仙有妖魔，但在我原來的那個世界，沒有仙，沒有妖魔，只有人而已。」

小正太目露驚異，彷彿這次終於聽懂了。

「妳……從某個地方來，而那個地方，是我們所不知道的一個地方？」

桃曉燕拿出兩個茶杯當做例子，指著其中一個杯子說道：「這是你們的世界，」接著再指另一個杯子。「這是我的世界，兩個世界不相通，各自獨立，卻因為某種不知名的原因，我不小心跑到你們的世界來了，明白嗎？」

小正太盯著兩個杯子，然後緩緩抬眼看著她，目光炯亮，似是了悟什麼，緩緩開口。

「異世之魂。」

「哎呀，聰明，一點就通。」桃曉燕摸摸他俊俏的小臉，又揉揉他的頭髮，她對又俊又懂事的小正太最沒抵抗力了，尤其是這麼漂亮聰明又有一個令人同情的悲慘身世的小正太，讓她的母愛大爆發。

小正太被她揉亂了頭髮，也只是老實地站著任她揉，髮絲掉到額前，遮住了他的臉，因此桃曉燕沒瞧見，相貌雖是小正太，卻有一雙世故犀利的眼神。

難怪，他一直覺得奇怪，她身上有著令他摸不清的謎。

他知道她不似一般凡人，因此將她列為妖，可她行為像妖，卻沒有任何妖法，法術對她無用，只因為……她來自異世。

司徒青染唇角勾起。

他終於解開謎團，找到答案了。

第十二章

打從一開始，司徒青染就沒放棄要找出答案。

她是他沒見過的妖，似妖非妖，似人非人。

他尤其在意的，是他的仙法對她無效。

現在知道她來自一個他所不知道的異世，不管是仙術或妖術皆對她無用，這就說得通了。

「妳的世界是什麼模樣？」藏在髮絲內的目光閃著精明。

「別急，有空慢慢告訴你。來，我煮東西給你吃，養養身子，傷好得快。」桃曉燕笑著輕點他的鼻尖，令他一呆。

她站起身，捲起袖子，逕自去灶房弄吃的。

司徒青染修仙已久，可以辟穀，幾個月不吃東西都沒問題，但她要做菜嘛……反正有人伺候，他就受用。

桃曉燕來到黑牢裡，收編了小正太，主動負起照顧他之責。

混血兒有什麼不好？在現代，混血兒才受歡迎呢！

小正太在人族那兒被當狼妖，在狼族這邊又被當成人而受歧視，與她現在的情況不就有些雷同嗎？

那群古代人當她是妖呢，好笑的是她明明是人。

因為這層關係，她更是對小正太起了同病相憐之心。

黑牢裡就像另一個世界，可以摘野菜，可以去釣魚，可是她釣了半個時辰，一隻都沒釣到，忍不住抱怨。

「這些魚怎麼回事，有魚餌不吃，是挑食還是瞎了眼啊？」

待在一旁始終沈默的司徒青染，手指頭動了動，然後桃曉燕的釣竿就動了。

「啊，有魚上鉤了！」

她釣起來的是一隻大黃魚，她頓時開心了。

「有肉有菜了，鹽呢，在哪裡？」她在灶房裡尋找。

司徒青染想了想，道：「我去找。」他轉身出去，過了一會兒，進來時，手上已經多了一罐鹽。

桃曉燕驚訝地問：「你在哪裡找到的？怎麼我找了半天都沒瞧見？」

這間茅草屋也只是司徒青染在她進來前搭建起來的，平常沒住人，不可能開火燒飯，那些柴米油鹽醬醋茶，當然不可能有。

不等他回答，桃曉燕又問：「薑呢，有沒有薑？」

他又說：「我去找。」於是轉身又出去了，過了一會兒就回來了。

「拿去。」

桃曉燕從他手中接過，只看了一眼，便搖頭。「這不是薑，這是人參。」

「……我再去找。」去而復返時，再度拿給她。

「這不是薑，是菊芋。怪了，你這屋子破破爛爛的，好東西倒不少，人參和菊芋可貴著呢。」

面對她狐疑的表情，他說道：「妳等等。」轉身又出去了。

他回頭見她仍在灶房裡找東西，便以迅雷不及掩耳之勢上了屋頂。

「來人。」

一名狼妖出現。「叩見主人。」

他神情冰冷地威脅。「傳本座的命令下去，叫所有人去找薑來，若是再拿錯，你們就剁了自己的雙手吧。」

狼妖抖了抖，匆匆而去。

桃曉燕只是需要薑，不知道小正太去哪兒找，回來時，丟了一堆東西給她。

「妳自己看看哪個是薑？」

桃曉燕傻眼，桌上擺了一堆，有白蘿蔔、筍子，也有參鬚，各種根莖類的植物，唯獨沒有薑。

她抬眼看他，見小正太也盯著她，不知為什麼，她感到一股莫名的低氣壓，彷彿她只要說個「錯」字，天就要塌了。

由此可知，小正太根本沒見過薑這種平凡簡單的東西，他過的到底是什麼日子啊。

想到此，她又忍不住為他掬一把心酸淚，忍不住走過去，將他一把抱住。

「可憐的孩子。」

司徒青染愣住，薑跟他可不可憐有什麼關係？

「如何？」他還在等著她的答案，若沒有，他就剁了那群蠢蛋。

桃曉燕放開他，摸摸他的頭。「有這些就夠了，乖，你去前頭休息，等我弄好了給你吃。」

司徒青染盯著她笑咪咪的表情，似乎對他找來的這些東西挺滿意，他便也滿意地點頭。

「行。」他轉身出去，等著享用。

待小正太離開，桃曉燕便偷偷去後山挖，還真給她挖到了野薑。

食材準備好，她生了火，煮了一條紅燒魚出來。

司徒青染盯著紅燒魚，鼻尖傳來香味。

他修仙已久，又刻苦修煉，已經許久不知凡間味。

吃飯這件事，感覺就像是上一世的事了，他本人不用吃東西，但那些白衣弟子並無仙根，無法學仙術，只能修練陣法，因此他們還是凡人，還是得開灶吃飯。

為了隔絕煙火氣，因此他的國師府分成內外兩部分，弟子都在外院，只有外院可以開灶。內院是禁地，只有少數得到允許的白衣弟子可以入內，離兒和慕兒就是其中兩人。

「來，張開嘴。」

司徒青染下意識張開嘴，就被塞了一口魚肉。

桃曉燕挑的是接近魚腮下部，這裡最軟嫩，也沒有魚刺，挑了最美味的部分給他嚐。

「好吃嗎？」

司徒青染看著她充滿期待的目光，沒有虛偽，沒有應付，他咬著口中的魚肉，點點頭，便見她笑得一臉燦爛，彷彿一朵含苞待放的花朵，突然開了花。

他有些愣住。

「好吃就多吃點。」她幫他挾魚肉，專挑沒刺的部分，把最精華的都給他。

吃完了魚，桃曉燕主動收拾，開始打理這間屋子。

她雖貴為總裁，家裡有管家和傭人，但學生時期在外求學，也是什麼都自己動手做。

司徒青染坐在椅子上，下面墊了一塊軟布，手裡被她塞了一杯有顏色的水。

據她說，這個叫果汁，是她去挖薑時順帶撿拾掉在地上的果子，便一塊兒帶回來了。

他坐在椅子上，看著她忙東忙西。

真是奇怪的女人，他想。看著她整理屋子，竟也覺得挺有趣。

為了真實，所以他故意弄了一間髒亂的茅草屋，以表示自己的身世淒涼，其實他只需要施個淨術，屋子就會乾淨得纖塵不染。

司徒青染喝著所謂的「果汁」，頗感興趣地看著她忙碌。

這女人似乎很喜歡弄些奇怪的東西，上回還在茶裡加了茉莉花。

「這是妳那個世界的喝法？」他問。

她回過頭，走過來，彎腰笑著問：「是啊，好喝嗎？」

其實他不喜歡太甜的東西，但這果汁酸中帶甜，喝起來不甜膩，他可以接受。

他點頭。「尚可。」

桃曉燕頓住，接著又呵呵地笑了。

他奇怪地問：「笑什麼？」

「沒有，就覺得你真是可愛。」輕點他的鼻尖，她笑著去做事了。

「……」司徒青染覺得鼻子有點癢，似乎她一高興，就喜歡用手指點他的鼻子，這種帶著寵溺的舉止，令他感覺頗為奇妙。

他不明白自己哪裡可愛了？他臉上有瘀青，身上有大大小小的傷痕，真要形容，應該是落魄。當然，這是故意弄的，任何人見了，只會覺得他可憐，而她卻說他可愛？

這一生，還沒有人用手指點他的鼻子，或是一高興就摸他的臉、揉亂他的髮。爹娘雖疼他，但不會這麼做，師父只會對他嚴厲，更不可能，唯有她。

他能感覺得出來，這是她喜愛一個人時會做出的動作。

他不知道，桃曉燕覺得他可愛，是因為他明明只有六歲，卻用小大人的語氣嚴肅地對她說「尚可」。

在現代，這叫「反差萌」，她又被戳中了萌點，當然覺得他可愛極了。

司徒青染喝完果汁，懷裡又被她塞了東西。

「這是什麼？」

「瓜子。」

司徒青染眼角抽了下，這女人……進黑牢前，居然還帶瓜子進來嗑？

可腹誹歸腹誹，司徒青染還真的嗑起瓜子來了，這一嗑，發現這瓜子仁又肥又香，確實好吃。

「這瓜子去哪裡買的？」他問。

她嘿嘿笑道：「偷偷告訴你，這是國師的，他的好貨可多了，都是皇帝賜下的貢品，可好吃了。」

「……」用他的茶具，還吃他的貢品，好一隻偷腥的貓兒。

他幽幽地提醒她。「國師知道會生氣的。」

桃曉燕「切」了一聲。「他是仙人耶，仙人不食人間煙火，他留著這些瓜子幹麼？暴殄天物。」

司徒青染噎了下，竟然回答不出來。

待屋子大致清理乾淨，桃曉燕吁出一口氣，頗有成就感。

這裡可能是她這一個月要待的地方，當然要好好清理了。

接著，她的目光轉向接下來要清理的「目標」。

嗑瓜子嗑得正享受的司徒青染，被她盯得停下動作。

見她笑嘻嘻地走過來，他突然生出不妙的預感。

「妳盯著我做什麼？」

「屋子都清理乾淨，現在輪到你了。」

他還沒會意，她已經一把抱起他。

「走，咱們去洗澎澎。」

司徒青染還沒意識到什麼叫洗澎澎時，就被桃曉燕抱進浴房，他立即明白了，在桃曉燕要扒他的衣衫時，他立刻溜走。

桃曉燕怔住，小正太這俐落的動作，簡直跟隻小動物似的。

她眨眨眼，對他招招手。「來，過來脫衣服洗澡。」

「不用。」小正太嚴肅地拒絕。

桃曉燕笑了。「別害羞呀，燕燕幫你洗乾淨。」

他還是不要。

桃曉燕見小正太堅持不肯，突然想到什麼，安慰他道：「你放心，燕燕也沒有尾巴，不會笑你的，不信的話，你過來看看。」

「……」他很想告訴她，她全身上下，他早就看光光了。

小正太不肯過來，桃曉燕也不勉強他，心想今天畢竟是第一天，小正太要習慣她，還需要一段時日，但她忙著清理屋子，只想洗個乾淨，舒舒服服地休息。

說來這屋子雖然舊，但打理乾淨後竟然還挺不錯的。就像這間浴房，竟有這麼大的浴池，樂得她決定要泡個澡。

桃曉燕本來想和小正太一起泡澡，培養更多感情。在現代時，她很疼她的姪子，也跟小姪子一起泡過澡。

小正太與小姪子年紀相同，都是小孩子，所以她在小正太面前脫衣服並不覺得害羞。

司徒青染冷心冷性，一心修仙，降妖除魔多年，也不是沒有妖女化為美人，脫衣服勾引他，但他不為所動。

不過，換成別人脫他衣褲就不行了，適才他讓狼妖故意扯他衣物，也僅止於上衣，如果桃曉燕不阻止，他是不會讓狼妖脫他褲子的。

他看著這女人在他面前寬衣解帶，完全不當他是男人，只當他是個小男孩。

他突然想到，妖女對他似乎從來不用美人計，她會諂媚、討好，但從不施展美色誘惑他。

雖然他看過她的身子，但那時她被公主砍了一刀，差點沒命，而他為了醫治她的傷，對她的裸體並無興致，看著她的身子，就像在看一個木雕。

現在的她沒有昏迷，而是活蹦亂跳的一個人，就在他面前脫下衣裳，逐漸露出赤裸的身子。

她的身體勻稱而窈窕，凹凸有致。

當他瞧見她衣物內的肚兜時，又想起一件事。

上回，他為她醫治傷口時，也見過她身上穿著這種樣式奇怪的肚兜。

他從沒見過這種肚兜，也沒見過這種褻褲，幾乎貼著身體的曲線，尤其那肚兜上還有花邊，將女人的胸部包覆得好似結了兩顆仙桃。

雖沒見過這種肚兜，但他現在仔細打量，竟覺得穿戴這種肚兜的女體，比什麼都不穿更引人生出遐思，有一種誘人的美。

他不知道，桃曉燕身上這件叫做胸罩，她嫌肚兜和褻褲的設計太落後，因此找了繡娘按照她的設計專門量身訂做。

司徒青染猜想，這種肚兜肯定是她那個世界的穿法。

她大方的脫衣，他也大方的看。

桃曉燕停下動作，因為她發現小正太居然還在盯著她，沒有害羞地逃開。

她挑了挑眉，想了想，猛然轉身奔向他，一把抱住小正太。

「哈！抓到你了！」

這一次，小正太沒逃，而是任她抓著。他盯著她的胸部，這麼近，他伸手就可以摸到，而他也真的動手摸了。

桃曉燕見小正太好奇地摸著她的胸罩，才明白他為什麼不逃，原來是對她這件量身打造的胸罩好奇啊！

沒關係，小孩子，讓他摸。

趁小正太被她的胸罩吸引時，她舀了一盆水，往他身上倒。

「哎呀，衣服都濕了，脫光光吧。」

「……」這女人……就是不死心非要脫他衣服就是了。

桃曉燕終於成功地扒下小正太的衣衫，而他身上大大小小的傷疤也盡現在她眼前，讓她收起玩笑的心思，一顆心都疼了。

「這些傷都是那些狼妖弄的？」

司徒青染本來頗不情願，見她心疼，他又大方的給她看。

「是啊，有一次傷得很重，差點死掉呢。」其實身上這些皮肉傷都是司徒青染故意弄的，只要不傷到仙根，他都可以經由打座閉關來修復傷勢。

她聽了十分憤怒。「那些死小孩，以後我見一個打一個！」

司徒青染點點頭，又道：「我冷。」

「啊，對不起。」她忙又舀了一盆水，往他身上淋，再用濕布巾為他擦洗身子，動作既小心又溫柔。

司徒青染看著這樣的桃曉燕，覺得比先前在他面前動心眼的樣子順眼多了。

他任由她伺候，反正他現在是個孩子，孩子能享受的待遇，何樂而不為？

司徒青染難得放下國師大人的架子，做一回真正的孩子，他還會攤開雙臂，讓她把自己洗乾淨，況且，她也挺樂意伺候他的。

他閉上眼，記起曾經有個女人也是這麼細心為他擦拭傷口，那女人便是他的娘親。塵封的記憶裡，娘親的面孔越來越清晰……無疑的，他的娘親是個非常溫柔的美人，要不然也不會被他爹瞧上。

正當司徒青染陷在回憶裡時，突然感到下身一緊，冷不防打了個顫。

「哎呀，下面受涼了，要快點泡泡熱水。」桃曉燕一邊幫他洗下身，一邊說。

司徒青染及時忍住，才沒有當場將她拍飛。那是他的陽根，他從沒讓任何女人碰過。

他盯著她，在她抬起頭來時，他已經垂下眼眸。

「洗乾淨了，泡個澡吧。」桃曉燕笑著抱起他，將他放進浴池裡，自己也快速擦洗一遍後，跟著進了浴池。

浴池挺深的，她一個大人坐在裡面，水面只淹到她的脖子，可對個頭還小的司徒青染來說，卻淹到了頭頂，因此桃曉燕很自然地將他抱坐在自己腿上，雙手環住他。

她低頭瞧，見小正太靠著她，沒有先前脫衣服時的忸怩，整個人似乎很放鬆。

這表示他信任她。

一起洗澡果然可以增進感情，以前她就是這樣和自己的小姪子建立起感情，兩人好得像一對母子。

司徒青染坐在她身上才發現，這女人看似苗條，該有肉的地方也一分不少。

兩人泡完澡，照例是由她來伺候，而小正太司徒青染已經完全適應，甚至還會配合她擦拭的動作，抬下巴或是抬胳臂。

這一次，當這女人要擦拭他的陽根時，他已經有心理準備，很配合的給她伺候，反正他是小孩，男女授受不親什麼的，先丟一邊去。

這場澡將小正太從頭到腳都洗得很乾淨，總算完全露出他原本的模樣。

一身髒污的他已經很可愛了，洗乾淨後更是漂亮得不得了，讓桃曉燕母愛爆發，拿出她本來捨不得用的藥膏。

「這藥膏是個好貨，能生肌，抹一抹，你的傷很快就好了。」

司徒青染一看，立即認了出來。

「這是國師大人的。」他說。

「現在是我的。」她說。

「國師大人知道會生氣的。」

「呵，他如何知曉？我人在黑牢，難不成他會進來找我算帳嗎？」

司徒青染覺得手有點癢，很想將她拍飛。

「妳被關進來，就不怕一直被關著，再也出不去了？」

桃曉燕笑得豁達。「出不去就出不去，我不在乎，況且，我要是出去了，誰照顧你啊？」

司徒青染一愣，直直盯著她。

桃曉燕見他這驚訝傻愣的樣子，覺得實在太可愛了，一時忍不住在他額上親了下，還發出「吧唧」一聲。

「你放心，以後有我在，管他是什麼妖魔鬼怪，絕不讓別人欺負你。」

他眼睛睜得大大的，一臉懵樣。

桃曉燕笑得無比燦爛，繼續幫他抹藥，彷彿在告訴他，她用行動證明，她會照顧他。

司徒青染看著她，緩緩開口。「妳剛才……是在對我承諾？」

桃曉燕沒有多想，大方地點頭。「是啊！」

司徒青染低下頭，伸手撫著被她親過的額頭，感覺那個地方熱熱的、暖暖的。「妳為什麼會對我許下承諾？」

「因為我喜歡你呀。」

他頓住，抬眼看她。「喜歡我？」

「沒錯，我第一眼看到你就很喜歡。」要知道在現代，她這個三十二歲的熟女也算閱男無數，男模、男演員、男歌手……她見多了，卻從來沒對哪個男人如此心悅過。

她會欣賞，但不會昏頭。

如果她輕易就被男色誘惑，是不可能成為集團接班人的。

司徒青染這一生，除了娘親，還真沒有女人親過他，一來是他不允，二來是別的女人不敢，唯有她，獨一個。

他唇角勾起，輕聲道：「妳真的想照顧我？」

「當然是真的。」

「如果我被關在這裡一輩子，妳也願意陪著我？」

「沒錯。」

「妳不在乎我是半個狼妖？」

桃曉燕頓住，停下抹藥的動作，雙手捧起他的臉蛋，讓他看著自己的眼睛。

「我告訴你，不管是半妖全妖、狼妖狗妖什麼的，你就是你，不管做人做妖，都要為自己而活，不必活在別人的目光下。在我們那個世界，人人平等，況且在我看來，半個狼妖又如何？你這樣才可愛哩，明白嗎？」

他的臉蛋被她捧在手裡，他正面迎視她一臉認真的神情和目光，她明亮的眼瞳中倒映著他的影子，清澈而明麗。

他看著她，輕輕點頭。「我接受妳的承諾。」

她滿意地笑了，摸摸他的頭。「Good！」

「固？」

「就是很好的意思。」

「是妳家鄉的語言？」

「是我那個世界，其中一種語言。」

他想了想，點點頭，算是理解。

幫他抹好藥之後，她為他穿上衣物，臉上始終帶著笑，彷彿做這些事能讓她開心，而她的喜悅也感染了他，讓他唇角勾起了笑。

他能感受到她對自己的喜愛，這份喜愛不同於他人對他的景仰或傾慕。別人傾慕他是因為他的身分、他的力量，以及他的容貌。

若這些都沒有了，那些人的傾慕和景仰還會在嗎？

其他人不知道，在他修道有成之前也曾經歷過苦日子。他曾經狼狽過、曾經被人輕視欺侮過。

這世上，逢高踩低的多，雪中送炭的少，所以只要有機會，人人都要向上爬，他也不例外。

他能達到今日的高度，等同與帝王平起平坐，甚至連帝王都要禮遇他。

享受著仙人的禮遇，他幾乎都快忘了從前那段食不果腹又不堪回首的日子了。

第十三章

司徒青染從回憶裡回神，看著眼前笑咪咪的女人。

他任她喊自己師父，給她特權，護她性命。其實做這些事，他是有條件的。

他要查清楚她是什麼妖，為何仙術對她無效？

現在，他找到真相了。

她不屬於這個世間，這就是為何他的仙術對她無效的原因。

她的身體裡，裝了一個來自異世的靈魂。

來自異世的姑娘，行為舉止確實與他所知所見的姑娘家大不相同。

司徒青染從沒遇過異世之魂，他所處的世界有人族、有妖魔各族，他們會附身、會變形，但不管是哪一族，都受到這個世界無形的制約。

唯獨桃曉燕，她的言行舉止確實也給他一種隔世之感。

自從知道她不屬於這個世界後，他重新用不同的眼光去看她。

例如洗完澡的她，穿了件輕鬆舒服的衣物，這衣物跟平時穿的不一樣，分成上下兩件，上半身的衣料很少，下半身更少。

據她的解釋，這是她那個世界的一種穿法。

「我們那個世界的女人過得自由自在，想怎麼穿就怎麼穿，我身上這件叫做熱褲。」

司徒青染的視線移到她的下半身，只有一截布遮掩，大腿以下全露在外面。

他給了一句評語。「不成體統，有礙風俗，跟青樓女沒兩樣。」

她的笑容瞬間凝住。

他頓住，以為自己的話傷到她的自尊，心生愧意，立即補救。

「我的意思是……在我面前穿可以，別叫他人瞧見。」他只是不喜歡她穿得太暴露罷了。

原以為她會生氣，哪知她突然捧腹大笑。

「哈哈哈！你說話的語氣好像那個司徒老頭啊！」

……誰像老頭了？他收回愧疚！

雖然他嘴上批評她的穿著不成體統，但他不得不承認，每當她穿著那些世俗不容的奇裝異服時，他的目光有些移不開。

來。

除了熱褲，還有迷你裙、貼身背心，有時候她剛洗完澡，就直接穿了一件袍子走出

「衣服的功用就是要舒服，你們這世界就是束縛太多、規矩太多，把人給憋壞了，衣服設計繁複，又不舒服，鞋子更是差。」

沐浴過後，她只綁了個馬尾，赤著腳丫子在屋裡走來走去。

這件袍子也很短，長度只到她的臀部，露出兩條修長的腿，下面什麼都沒穿……明明不是妖，卻比妖女更令人頭疼。

幸虧這裡是黑牢，在妖魔橫行的世界裡，她要怎麼作妖都行，出了黑牢可不行，他的徒弟怎麼可以被人瞧光。

司徒青染天天看，看著看著，居然也習慣了。

他的視線從她的雙腿，往下移到一雙天足。

女子不輕易露足，她不但露給他看，還會把腳翹在椅背上，她說這樣打濕的腳乾得快，十根腳趾頭動呀動的，惹得他的心也跟著起了漣漪。

即便他沒有親眼見證，也能從她的一言一行中，瞧見她在另一個世界活得多麼恣意暢快，瀟灑不羈。

他一直以為是她太不拘小節，原來在那個世界本就是這樣過日子，拘束的反而是他所在的這個地方。

這個女人不像優雅端方的大家閨秀，可看在他眼裡，卻覺得這樣的她很好。

「很好」這個詞，司徒青染很難得用在女人身上，桃曉燕是第一個。

兩人就在茅草屋裡，過起了小日子。

他們一起吃、一起睡、一起泡澡，白天去採野菜、打野味，晚上她就教他一些好玩的遊戲，例如撲克牌，還有大富翁。

「奇怪，怎麼都沒見到其他狼妖呢？」

司徒青染頓住，抬頭看了她一眼，丟出一張自己手上用葉子做的撲克牌。「妳想見其他狼妖？」

「是啊，黑牢裡不是關了很多妖怪嗎？怎麼我們這幾日出去，都沒見到半隻妖呢？」

桃曉燕來到黑牢也將近半個月了，除了上回的狼妖孩子，再也沒見到其他妖怪，她都懷疑自己是不是來度假的？

她不知曉，之所以沒妖怪，那是因為司徒青染不允，有他在，其他妖不敢來。

「妳想見？」

「想。」

他放下撲克牌，站起身。「走吧。」

她詫異。「去哪裡？」

「帶妳去看妖怪。」

桃曉燕怔了怔，看著小正太一副「妳想看，爺就帶妳去看」的小大人表情，整顆心不禁飛揚。

「好！走就走！」

她把牌往地上一丟，豪情壯志地站起身。

小正太要當導遊帶她去探險，她怎麼捨得拒絕他？還露出男子漢大丈夫的模樣，無懼被其他妖怪捉去的危險，也要帶她去見識，她當然捨命陪君子，跟定他了！

「夜晚風涼，多穿一點，我在院子等妳。」司徒青染對她丟了句吩咐，便轉身出了門。

桃曉燕趕緊去拿了件外套，穿上長褲和鞋襪，便出去找他。

月光下，一雙狼眼在黑暗中閃爍著幽幽焰光，直勾勾地盯著從屋中走出來的姑娘，她眼中沒有恐懼，只有驚豔，對他咧開燦爛的笑容。

這世上，也只有她這個來自異世的奇怪姑娘，見他如見寶地喜歡他。

「咦？」她奇怪地用手比劃著他的高度。「你好像比上次長大不少？我記得你上次沒這麼高呀？」

那是因為上次怕嚇死她，所以他才刻意變小一點，現在才是他真正的尺寸。

「因為我長高了。」他隨口胡謅。

所幸她對妖怪不甚了解，他說什麼她就信什麼。

她熟門熟路地爬到他背上，雙手抱住他，好奇地問：「你多久會成年呢？」不到一個月他就長大了，就不知狼妖成年時，需要多久時間？

他不答反問。「妳希望我快點長大？」

「也不是，我就是好奇你長大之後會是什麼樣子，我好想看看呢。」

妳已經看過了，他心想。

「妳會有機會看到的。」司徒青染沈聲道，站起身，丟了句命令。「抱緊我，要跑了。」

她立即趴低身子，靠在他背上，雙手抱得緊緊的。「我準備好了，駕！」

他勾起唇角，猛然拔地而起，一個跳躍，跳出足足有十公尺的長度，落地時，疾速奔馳。

他像一陣風，而她則是隨風馳騁。

她感覺得到他的速度比上回更快更穩，也跳得更高了。

在現代時，桃曉燕玩過跳傘、坐過滑翔機，也開過快艇，因此不懼高，也不會暈機或暈船，但那些設備頂多速度快，不像騎狼這般刺激，上下左右，行動自如，還可以聲控。

「可以爬上那個山頭嗎？」她問。

「妳想？」

「想！」

「行，就依妳。」

爬山對他來說，輕而易舉。

銀狼轉了個彎朝山頭奔去，他躍上樹梢，藉著樹幹的彈性，從這株大樹躍到另一株大樹，直奔山頭。

凡人用兩條腿走十天十夜也不見得走得到的山頂，他只用了大約一刻鐘的時間，就帶著她抵達了。

登高望遠，四周美景盡收眼底，桃曉燕抱著他，咯咯笑得很開心。

「妳喜歡在山頂？」

「我想看看黑牢的範圍有多大。」

她望向四周，全是密密麻麻的森林，彷彿一望無際。

「這黑牢不該叫牢，它一點也不像牢獄，哪有牢獄有這麼美的森林，還有山有水，犯人每天看山看水，過得比黑牢外的人還幸福呢。」

銀狼幽幽地看著她被月光染上一層光暈的美麗側臉。「那是因為妳不嫌棄，世人厭惡妖魔，有妖魔的地方就被視為不淨之地。」

「那是他們不懂得欣賞，依我看，妖魔只是種族不同罷了，我相信妖魔與人一樣，也有分好人或壞人。」

他聽了心中一動。「那麼妳覺得我是好人還是壞人？」

她回頭看他，撫著他的銀毛，咯咯笑道：「不管你是好是壞，只要你對燕燕好就行啦！」

他靜靜地看著她，輕聲道：「行，我會對妳好。」

這是一句承諾，他給她的承諾。

可惜她不知道，狼妖的承諾是很重的，承諾的是一生，她只當小正太跟她一樣，都只想對彼此好。

她窩在他的身邊，雖然山頂寒涼，但有他的銀毛暖身，她一點也不覺得冷。

欣賞完月色和夜景，她對銀狼笑道：「我滿足了，走，咱們去打妖怪。」

他頓住。「妳想打妖怪？」

「上回說了，我要去教訓那些欺負你的狼妖，見一個打一個！」

「妳不怕？」

她笑道：「打不過咱們就跑嘛，況且這次咱們有備而來，打他們個出其不意，措手不及！」

狼眸現出笑意。「好，上來。」

桃曉燕立即躍上他寬大厚實的背，把自己深深埋在銀色的狼毛裡，舒服得深深嘆了口氣。

「幸虧你身上沒跳蚤或蟲子，不然可麻煩了。」

「……」算了，他都懶得罵她了。

銀狼帶著她，縱身一躍，來時是藉由樹梢的彈力，下山時則從山壁直下。

月光下，就見一身銀毛閃閃發光，在山壁間左右彈跳，就像在空中飛行一般。比跳傘還刺激，她愛死了這種感覺。

他們來到一處湖泊旁，銀狼將她帶到某棵古老的參天大樹上，她從他背上爬下來，蹲在其中一根較粗的樹幹上，好奇的向四處張望，還不自覺壓低了聲音。

「狼妖呢？」

「妳在這裡等著。」丟下這句話，他就跳下大樹，瞬間不見蹤影，讓她連開口想問他去哪裡的機會都沒有。

冉青不在，她只好趴在樹幹上，屏住呼吸，注意四周的風吹草動。

此時夜已深，大樹遮掩了她的身子，也遮住了月光，四周黑漆漆的，一點燈火都無。

她的夜視能力就跟一般人一樣，沒有燈火就看不太清楚。

銀狼卻不一樣，他將她的身影瞧得清清楚楚。

「來人。」他沈聲命令。

幾隻鬼魅的身影立即出現。

「拜見王。」

「傳本王命令下去，等會兒本王的女人會下來打妖，你們必須讓她打，明白嗎？」

「……」狼妖手下一片安靜。

「被打得最慘的，得到的賞賜最多。」

「謹遵王令！」

狼妖手下們分散而去，按照王的吩咐，準備挨打。

桃曉燕不知，那些狼妖都是司徒青染的手下，當初他們欺負冉青，也是遵照命令行事，現在他們也將按令挨她的打。

她當自己有開掛能力，畢竟當初她的確是打退狼妖才把冉青救下來的，這回打妖肯定沒問題。

她卻不知，或許狼妖的妖術對她無效，但她要打狼妖也不是那麼容易的，因為狼妖會躲會逃，不過為了拿賞賜，受這點打值得。

一開始，狼妖惜肉，還是會小心翼翼的，就怕桃曉燕有什麼不得了的本事，萬一被她打殘了，就算得再多的賞賜也不值得。

誰知雙方一開打，原本還戒備小心、戰戰兢兢的狼妖們，發現除了法術對這女人無效之外，她的武力值完全跟凡人一樣。

「這女人不過是凶了點，她完全不會法術呀。」

幾隻妖躲在一邊竊竊私語，討論著要打他們的對象。

「上回被她拍了一掌，我還以為她有多厲害，原來只是不受法術影響而已。」

「就是，如果咱們不用法術，只以赤手空拳來打，她的打法根本沒有招數，完全沒有學過功夫嘛。」

「王讓咱們挨她的打，是為了什麼？」

「你傻啊，王說了，那人族是她的女人，王在寵她嘛！」

「我怎麼聽說她是王的徒弟？」

「女人也好，徒弟也罷，重要的是王說了，打得越慘，賞賜越多，還能討好王，反正挨她的打跟蚊子叮一樣，這賞賜我是賺定了。」

「我去！就她那點花拳繡腿，能慘到哪裡去？」

「大不了事後咱們彼此補個幾拳，意思意思如何？」

狼妖們討論出一個定案後，決定做做樣子，多挨幾拳，便能交差了事。

桃曉燕一想到冉青身上那些陳年舊傷，看狼妖就像見到殺父仇人一樣。

不過，她發現這些妖怪動作敏捷，避如閃電，她想打還打不到，想踢也沒個影，追了老半天，別說報仇了，她已經氣喘吁吁，累得跟牛似的。

幸虧，她的小正太很聰明，事先給了她一件秘密武器。

她從腰袋裡拿出一條鞭子，想到那時冉青給她鞭子時，她一臉驚訝。

「我不會用鞭子啊。」

「妳不必會用鞭子，而是讓鞭子為妳所用。」

「什麼意思？」

「妳只需將它甩出去，這條鞭子會自動去找妖氣。」

她當時聽了半信半疑，不過為了讓小正太放心，她便同意了。

原本她不把這條鞭子當一回事，不過當她把鞭子拿出來時，她瞧見妖怪們眼中的恐懼。

當她把鞭子甩出去時，還真是一甩一個準，凡是被鞭子打中的妖怪都像被火燙著似的，留下一道道焦黑的鞭痕。

聽著妖怪們驚叫連連，她總算有了打妖怪的成就感，並且對她的小正太佩服得五體投地。

妖怪逃的逃、躲的躲，躲不掉的也在她面前瑟瑟發抖，她畢竟不是心狠之人，不至於趕盡殺絕，也不可能真的奪走一條性命，她還是保有現代人尊重人權的思想。

「從今以後，不准你們再欺負冉青，否則別怪我不客氣！聽明白了嗎？」

妖怪們連連稱是，還說以後不敢了。

桃曉燕出了一口怨氣，又得到妖怪們的保證，便將鞭子收好，大聲喝令。

「滾！」

妖怪們立即連滾帶爬，逃之夭夭，走得一個都不剩。

桃曉燕鬆了一口氣，轉身去找冉青。

「妖怪們都走了，你出來吧。」為了冉青的安全，她讓冉青先躲起來，自己單槍匹馬去對付妖怪，反正她不受妖術影響，妖怪對她沒有任何威脅。

冉青從樹上跳下來，站在她面前。

方才兩人說好，他先躲在樹上，如果苗頭不對他再下來幫她，先讓她試試打妖的身手。

「妳沒事吧？」

她興奮地指了指鞭子。「有你給的鞭子，我怎麼會有事？這條鞭子可真神，它真的會去追妖怪呢！」

她不知道，司徒青染給的這條鞭子是仙器法寶。

見她高興，他問：「妳喜歡嗎？」

她立即點頭。「當然喜歡了。」法寶誰不喜歡，她愛極了。

「送給妳。」他說。

她先是一愣，繼而拒絕。「不行，你比我更需要，你帶著，這鞭子可以保護你！」

他向來眼神清冷，但此刻看她的目光充滿了溫柔。

她把他的性命看得比自己的慾望還重要，他這條伏妖鞭，很多人都想要，唯獨她，想的只有他的安危。

「給妳，我還有其他法寶可以護自己的安危。」

「多一個法寶，就多一分安全，等你長大了，再送我也不遲呀。」她硬是將鞭子塞回去給他。

他低頭看著鞭子。

這樣的法寶，連他的弟子都求之不得，只要他肯給，弟子們肯定搶著要。

他從沒想過給誰，一時興起，便想到給她，她的反應不是喜出望外，而是擔心他沒了法寶就少了一分安心，她寧可不要，也要他留著護身。
他唇邊揚起弧度，抬頭看她。
「好，我先幫妳收著，等我長大了，這鞭子再交給妳，到時候，妳可不能拒絕。」
「那當然，你送的東西，我肯定要的，你可不能給別人喔。」小正太會想到她的安危，送法寶給她護身，她已經很欣慰了，不枉費她掏心掏肺地照顧他。
兩人今晚露宿在外，為了方便，冉青變身銀狼，柔軟的狼毛成了最佳禦寒之物。桃曉燕窩在銀狼身邊，而他則趴在地上，用尾巴圈住她，成了舒適鬆軟的毛毯。
一人一狼依偎在一起，看著天上的星月，她嘰嘰喳喳地說著自己的來歷和那個世界，他則靜靜地聽著。
聽到驚訝的事，他也會問：「你們那兒也有飛行法寶？」
聽她的敘述，她會坐一種在天上飛的法器，叫做飛機。
桃曉燕本想說不是，但她想了想，其實現代科技已發展到不可思議的階段，也算是一種法寶了。
她勾唇。「是啊，是我那個世界的飛行法寶。」
星光滿天，她的頭枕在他的身上，有一句沒一句的聊著天，她的手撫順他的銀毛，而他似乎也很享受她的撫摸。

「冉青，你知道嗎？」

他原本閉著眼，這時睜開幽亮的狼眸看向她，表示他在聽。

「我八歲就到了這個世界，在這裡生活了八年，這八年來，我努力適應這個世界，其實很不容易，因為你們的世界跟我出生的世界，太不一樣了。」

他凝望她，見那平時嘻嘻笑的臉上，竟生出一種叫做「寂寞」的情緒。

他不喜歡看見這樣的她，因此他將頭靠近，磨蹭著她的臉，以示安慰。

「現在，妳有我了。」他輕輕地說。

她笑了，兩手反抱住他的脖子，把臉貼上他磨蹭。

「對呀，我有你了，可以作伴，可以當寵物，還可以當馬騎，呵呵呵！」

「哼，好大的膽子，敢把我當馬，就不怕我生氣了丟下妳不管？」

「你才不會呢，嘻嘻。」她沒說出口的是，可惜他只有六歲，他若是二十六歲……她鐵定倒追他！

見她又恢復了死皮賴臉的模樣，他才放寬心。他不喜歡瞧見她的落寞，那不像她，在他眼中，她狡黠頑皮，敢做敢當，恣意妄為，卻又惹人發笑。

司徒青染此刻才真正承認，他雖然嘴上嫌她大膽妄為，但其實也正因為她敢對他恣意妄為，才能吸引他的目光。

或許是因為站在高處久了，總希望有一個人可以不看他的身分地位、不看他的權力財富，而以真性情對待他。

桃曉燕的出現，對他來說無疑是特別的。

他必須承認，他能數度容許她的放肆，不僅是想知道她的來歷，更多的是她的性子很對他的脾胃。

他從一開始的觀察，一直到入了心。

仙人不易動情，一旦動情，容易萬劫不復，這是仙師告誡他的事，他一直謹記在心，也不認為這個世上有哪個女子能讓他動心。

是啊，這個世上確實沒有，另一個世間有，便是她。

輕緩的呼吸聲傳來，撫摸他銀毛的手慢慢停住不動了。

他低頭，發現她已經睡著了。

熟睡的容顏乖巧而安詳，與清醒時的靈動慧黠大不相同，但是一樣的美。

他用尾巴將她裹得更嚴實，避免她著涼。

他低低說道：「狼一生只有一個伴侶，我不會棄妳而去，同樣的，妳也不可棄我，否則……」

下面的話沒有說完，因為他不允許發生，也認定不會發生……

第十四章

兩人一起去打妖，不再只是嘴上說說要保護彼此，而是付諸行動。

對桃曉燕來說，兩人一起共患難過，從此建立了革命情感。

她是這麼想的，也認為冉青應該與她有相同的想法。

她甚至下了決心，就算從此在黑牢出不去了也無所謂，有冉青陪伴，在這裡不受世俗禮教的束縛，可以做回自己，過著暢快恣意的生活，不再是大門不出、二門不邁的姑娘家。

挺好的，真的。

雖然她也想念桃家的爹娘，但桃員外畢竟是一家之主，發現她不見了，身為一個優秀的商人，必會知道如何自保，她相信桃員外會把桃家的產業做一個公平的分配。

她與冉青的小日子，繼續悠哉地過著。

這一日，她趴在炕上，手上拿著葉子做的撲克牌，與他玩遊戲。

她的目光從手中的牌移開，瞄向對面的小正太。

小正太盤腿端坐在炕上，背脊直挺挺的，一臉認真地看著手中的牌。

小正太才六歲，等他長成成年男子，她都不知道幾歲了，到時候她青春不再，而他正值盛年。

想到此，她不禁輕嘆了口氣。

司徒青染抬眼，問她。「為何嘆氣？一手爛牌？」

她斜睨了他一眼。「才不是呢，我只是好奇，你何時才會長大？」

他頓住，繼而目光閃爍著異芒。「妳希望我快點長大？」

「也不是，就是好奇，不知道狼妖成年後是什麼樣子？」上次去打妖，那些妖怪都沒一個像人的，奇形怪狀的都有。

司徒青染勾起笑。「妳想看我成年的模樣？」

她哪有時間等他長大啊，到時她都老了。

「我是想看英俊的成年狼妖。」她突然想到什麼，神采飛揚的對他道：「不如你帶我去狼妖窩，你們成年狼妖中一定有帥哥吧？」

司徒青染眼中的笑意漸歇，意味深長地回答。「有，英俊的成年狼妖不少。」

「真的？」她驚喜，原本只是隨便問問，沒想到真的有。「咱們別玩牌了，立刻就去找。」

司徒青染垂下眼。「成年狼妖有狼性，如果見到妳，會將妳抓去做他的禁臠。」

她驚訝。「真的假的？」

「我娘就是被我爹看上而抓去的。」

「哎呀！」她雙手捧著雙頰，擺出花癡樣。「如果是這樣，那我倒要看看那位狼妖長得俊不俊，俊我才要。」

啪！

小正太手上的葉子牌灑了一地。

桃曉燕愣住，哇哇叫道：「怎麼這麼不小心，我都看到你的牌了。」

他沈下臉。「不管對方是狼妖或是人，只要妳覺得俊，被抓去也沒關係？」

她一邊撿拾葉子牌，沒注意到他的臉色，一邊說道：「俊男美女，人見人愛，如果狼妖很帥，我倒不介意被他抓去。」

她說話向來葷素不忌，更何況她進黑牢本來就是來看妖怪的嘛，有帥男妖可看，為何不看？

有些玩笑話，在現代可以說，在古代卻是禁忌。這就是現代與古代的差別。

司徒青染的目光轉成了危險。「我都不知道，原來妳這麼隨興。」

「在自己家裡不能隨興，那活著還有什麼意思？是吧？」她嘻嘻笑道。

他冷冷回答。「這是我家，不是妳家。」

她停下動作，抬起頭，終於察覺到他的不悅。

她也收起笑容，原本隨意趴著，突然正襟危坐。

「你家？不是『我們』的家？」她刻意加重語氣。

「當然不是，這裡是我家，妳不過是借住罷了。」

桃曉燕看著冉青一臉冷漠，連語氣都是冷的。她不明白，在一同共患難後，他怎麼可以如此現實的說出這種話，他就不怕傷她的心？

她垂下頭，將葉子牌放下，神情變得黯然。

「我知道了，這是你家，不是我家。」

兩人本來在炕上玩牌，她下了炕，什麼話都不說，就自己出屋了。

司徒青染坐在原地良久，說也奇怪，明明知道她向來口無遮攔，有什麼就說什麼，為何他一聽到她要去找成年狼妖，他就一肚子火？

他知道她生氣了，還似乎傷了心。

為了修仙，他冷心冷性已久，又身居高位，何曾需要在乎他人的感受？

這女人說走就走，居然連鞋子也不穿就光著腳出去了。

他有些煩躁，不想承認自己衝動說了重話，也不想承認事後自己有些後悔。

他告訴自己，看在她服侍自己的分上，就給她一點甜頭吧，更何況他現在是個六歲的小男孩，不是高高在上的國師，去找她賠禮並不會失了面子。

說服自己後，他起身去找她，卻發現人去樓空。

她就這麼走了？

司徒青染本來還不相信，但四處找都找不到她時，他的臉色逐漸轉沈。

她真的走了？

他用靈力在屋子內外四處探索，完全探不到她的氣息，這令他十分錯愕。

當他才開始相信她會照顧自己時，她卻消失了。

他司徒青染，生平第一次相信一個女人，而她卻把他的信任踩在腳底。

司徒青染握緊拳頭，小正太的臉上，顯現的是一個男人的陰沈、憤怒。

「呵……」他冷笑。

好個桃曉燕，她竟敢……竟敢這麼容易就放棄他了！

桃曉燕出屋後，直接往道上走。

她很生氣，氣到離開時都忘了穿鞋子。

好歹她也照顧他半個月了，煮飯給他吃、泡茶給他喝，讓他過著茶來伸手、飯來張口的日子，把他當小祖宗伺候，就算沒有功勞也有苦勞。

可那臭小子說什麼來著？那是他家，自己不過是借住罷了。

他馬的！

桃曉燕憤怒地大步走著。他的家？哼！她走行不行！

桃曉燕說走就走，此時天色漸暗，往常這時候，她已經開始準備晚飯了……

切！餓死他！她管這臭小子要不要吃，他自己想辦法！

倒是她……她摸摸肚子，她真的餓了。

她左右張望，這半個月來，她也算是過了一段原始的生活，這座森林裡什麼都有，她挖了不少野菜。

就算露宿在外，她也不怕，因為她知道妖術也對她無效後，膽子更大了，況且這座森林物產豐饒，要水果有水果，要蔬菜有蔬菜，要肉……這個就有點困難，以往都是冉青負責打獵，還有抓魚什麼的也全靠他……

算了，那又如何，她就不信自己獵不到食物，總之不會餓死！

她摘了一顆果子暫且充飢，心想要不要找個山洞先度過這一晚再做打算？

忽然，她眼角餘光瞥見一抹黑影飛掠而過，她立即機警地蹲下，正好躲到一株矮樹叢裡。

不一會兒，她便見到了幾個鬼鬼祟祟的身影靠近。

她瞧見了妖魔鬼怪，不自覺屏住呼吸。

好多妖怪……密密麻麻的妖怪，成群結隊的走來。

桃曉燕慶幸自己躲得快，要不然她這個「人族」出現在此，真的會被妖怪抓去吃乾抹淨。

這些妖，有些已成人形，有的還是昆蟲或動物的模樣，看起來還真是挺噁心的。

有幾隻妖怪經過她躲藏的樹叢時，突然停了下來。

「我聞到人味了。」

「是嗎？」

「味道很香。」

「真的？」

「是真的，聞起來就知道肉很嫩。」

「呵呵，那真是太好了，聽得我口水都流出來了。」

「聞到有什麼用，要吃到才有用。」

「咱們這麼多妖，怎麼夠分？」

「吃不到肉，分點骨頭也行呀。」

「別傻了，有老大在，連啃骨頭的機會都沒有。」

「那頭髮也行啊，我只要他一根頭髮就行了。」

幾隻妖嘰嘰喳喳地討論如何分食，聽得桃曉燕頭皮發麻，連呼吸都不敢，就怕他們發現她。

幸好，他們只停留一會兒便離開了，在他們走後，桃曉燕才敢慢慢地呼吸。

她聞聞自己，心想那些妖雖然沒發現她，但卻能聞到她的味道，這可不妙。

也幸虧他們不夠細心，聞到人味卻沒有仔細找，不然光這矮樹叢是藏不了多久的。

待大批妖怪離開後，桃曉燕謹慎地又躲了一會兒，確定沒有妖經過，她才慢慢爬出來。

她先左右張望，接著站起身，用最快的速度離開。

天色已經完全暗下來，這樣走不是辦法，她得先找個地方躲起來，再想想下一步該怎麼辦。

想到自己大晚上的還得另尋他處安頓，她心中就有氣，要不是那渾小子，她怎麼會無家可歸，又遇到那麼多妖怪，差點就——

她突然停住腳步。

不對，她似乎忽略了什麼，適才那些妖怪說什麼來著？

人味？很香？

她以為他們聞到的是她的味道，但是在黑牢裡，人族不只她一個，還有另一個。

冉青！

她心驚，冉青是半妖，卻也是半個人，今晚突然有大批妖魔聚集而來，他們都朝同一個地方而去，彷彿是事先計劃好的。

「咱們這麼多妖，怎麼夠分？」

「吃不到肉，分點骨頭也行呀。」

桃曉燕猛然醒悟，那些妖說的不是她，聞到的人味也不是她，而是冉青！

她想也沒想，轉身便往回狂奔。

她必須快點去救他，他一個孩子怎麼可能敵得過那麼多妖？

她不知道該如何救他，這麼多妖怪根本打不過，但她不管，她只想回去找他，至少妖術對她無效，她可以幫他。

若是打不過，還有她陪在他身邊。

這一刻，桃曉燕早沒了怒火，她只後悔自己不該放他一個人在家。

夜晚的森林像一座迷宮，她出來時沒有記路，回去時便有些摸不清方向，四周都是樹，看起來都一樣，她只是憑直覺往回跑。

妖怪早就不見蹤影，她跑得氣喘吁吁，好幾次差點被樹根絆倒。

這麼一跑，她赤裸的腳底都磨破了，疼得她咬牙，但想到他一個孩子要對付那麼多妖怪，她忍耐著，一跛一跛地繼續跑。

正當她試圖尋找方向時，就聽見前方傳來轟隆巨響。

她心驚地看去，瞧見天上的火光，她立即奔去。

千萬別死！她在心中大喊。

待她好不容易找到回來的路時，茅草屋早沒了，成了一片殘瓦廢墟，土地都是焦的。

看起來就知道此處經過了一場大戰，她辛苦打掃的屋子、開闢的小花園，以及那些帶進來的行李都沒了。

她離家出走其實也只是一時負氣罷了，並沒打算離開太久，所以才會什麼都不帶。卻沒想到這一走，與他便是天人永隔。

她站在原地，心急如焚，一時不知如何是好。

等等，他是半妖，他可以化身為狼，他一定是逃走了！

她的心中又燃起希望，冉青能活到現在，至少本事不會太差。

她在四處附近尋找，不停地喊著他的名字，就在此時，她發現了地上的血跡，除了血跡，還有屬於動物的腳印。

順著血跡和腳印，她一路尋去，一直尋到一處山洞口，同時聽到裡頭傳來的打鬥聲。

她心驚，洞口外屍橫遍野，代表這裡經過了一場慘烈的打鬥。

若是別人見狀早就逃了，但她不逃，因為洞內還有打鬥聲，這表示冉青還活著。

桃曉燕左右張望，從地上撿起一把稱手的刀，面色一凜，便毅然決然地殺進去。

「有人！」

「是人！」

「有人闖進來了！」

妖怪們嚎叫著。

桃曉燕不再是看戲的局外人，她現在只覺得這些妖怪又吵又礙眼。

「滾！」

或許是老天在她穿越時送給她的外掛，這些妖怪雖然一個個比她厲害，但是他們沒人可以近她的身，而她的闖入，卻讓妖怪們驚慌地避開。

「奇怪，妖術對她無效！」

「怎麼可能？她只是個低賤的人族！」

賤你媽的頭！

桃曉燕持刀一劈，擋路的妖怪就被她劈成了兩半。

其他妖怪愣住了，她也愣住了，那個被她劈成兩半的妖身倒在地上，化為一灘黑水。

桃曉燕有些傻住了，這是她第一次砍妖，沒想到效果這麼好？當她抬眼看向其他妖怪時，那些妖怪一個個露出了恐懼。

「快逃啊，女人來了！」

「……」她懂了，他們喊她女人就像喊妖女一樣，是可怕的代名詞。

人很奇怪，當瞧見妖怪怕她時，她的膽子就像吹氣球似的膨脹，一身煞氣逼人，拿著刀，展現出遇神殺神、遇魔斬魔的強大氣勢，一路殺進去。

原本擠滿甬道的妖怪，一瞧見她來，立即鳥獸散逃開，讓開一條通路。

即然他們如此識相，桃曉燕也沒空去殺他們，她只想救冉青。

山洞像一條沒有盡頭的甬道，又深又長，但她不管，就算這條路通往地獄，她也要一路走到底。

當她一路衝到甬道盡頭時，瞧見一個男人的背影。

他一頭銀髮及腰，當聽聞她的聲音時，他回頭看她。

她瞧見了魔。

她之所以用魔，而不是用妖來稱呼他，是因為他的眼睛是血紅色的。幽冷鬼魅，比妖更令人不寒而慄。

她有剎那的愣怔，可當她瞧見他手上捧著一塊血紅的肉，身邊還躺著一具身體時，她瞳孔驟縮。
「吃不到肉，分點骨頭也行呀。」
「別傻了，有老大在，連啃骨頭的機會都沒有。」
原來妖吃人是真的。
有一種憤怒叫做不要命，她現在就是怒極到把命都豁出去的感覺。
她大吼一聲，拿刀砍向他，他伸出兩指，夾住她的刀刃。
她明明用了畢生最大的力氣，這妖魔卻輕鬆的用兩指接住她劈下來的刀勢。
銀髮妖魔微微歪著頭，目光似在打量她。
「放開他，他只是個孩子！」她罵道。
紅眸閃過詭譎的幽光，聲音冰冷。「妳想救他？」
「他是我的，不准任何人動他！」
銀髮妖魔聽見她的話，怔了下。「妳說……他是妳的？」
「對，他是我的，想動他，得先過我這一關。」
他勾起唇。「妳不怕死？」
「誰死還不知道呢，有種咱們單挑！」她有外掛呢，就不信打不過他，先挑釁他單挑，一對一，她比較有勝算。

他搖搖頭。「妳慢了一步，他已經死了。」

桃曉燕怔住，看著趴在石床上的身子，一隻小手臂垂下來，彷彿在訴說主人無力的模樣。

桃曉燕只覺得頭皮發麻，耳朵嗡嗡的，整個人好似踏不到地。

「死了？」

「是。」

「你殺了他？」

紅眸靜靜盯著她。「是。」

他才說了一個字，她就提刀砍了過來。

「你個王八蛋！」她一拳就打了過去。「有山豬、山雞可以吃，為什麼一定要吃人！」

那一拳沒打中，對方輕易閃避，接著她腳也踢了過去。

對方一個旋身，轉到她身後，當她打出第二拳時，他用手接住了，接著愣住。

她哭了，淚水啪嗒地流。

銀髮妖魔看著她，緊抿著唇。

她一手被他握住，便另一手握拳，捶在他身上。

「王八蛋！」

她一邊打他、罵他，淚水就這麼滴落在他的衣襟上。

他靜靜地看著她，紅眸閃爍著幽光。

他沒放手，卻也沒傷她，任她對自己又踢又打。

「把他還給我！」她哭著說。

他點頭。「好，還給妳。」他放開了她的手。

她退後一步，懷疑地看他，因為他答應得太快，隨後想想，也是，人都死了，他根本不在乎。

不管如何，面對這麼多妖魔，她打也打不過，她只想帶回冉青。

雖然他死了，可起碼不要屍骨無存，留個全屍也好。

她轉身走向石床上那具身子，做了個深呼吸。

她告訴自己，她是成熟的女人，還是人人稱羨的女強人，面對這種事，她不能脆弱。

她蹲下身，打算把冉青帶走，找一處山明水秀之地埋葬他。

可當她把那具身子翻過來時，卻呆住了。

這人不是冉青。

而且，這也不是個孩子，他只是長得比較矮小的妖怪。

她驚訝地起身，轉頭看向銀髮妖魔。

「他不是冉青。」

銀髮妖魔終於開口。「我沒說他是。」

「冉青呢？」

他不答反問。「妳既然拋棄他了，又為何要找他？」

「我才沒拋棄他，我只是——」她頓住，繼而不屑道：「我幹麼告訴你，又不關你的事。」

他卻進逼一步。「只是什麼？說。」

她擰眉。「冉青呢？」

「妳先回答，我再告訴妳。」

其中肯定有詐，她才不會上當呢。既然死的人不是冉青，就表示冉青還活著。

她重新燃起了希望。

她為冉青而來，冉青不在，那她沒有再留下的必要了，她決定先離開再說。

只不過……她瞧瞧面前的銀髮妖魔，感覺這妖魔有些棘手，決定先應付他。

「我認錯人了，他不是我要找的人。」她說完便想繞過他。

他擋在她面前。「妳還沒回答我。」

「回答什麼？」老實說，一知道冉青還活著，她就高興得什麼都忘了。

「妳剛才說，妳沒有拋棄他，是真的嗎？」

她擰眉，不明白這銀髮妖魔為何執著問此事，這與他無關不是嗎？

「這是我和冉青的事，關你什麼事？」

他目光銳利，進逼一步。「回答我。」

她莫名其妙地看他，扠起腰。「我若不回答，你又待如何？」

他瞇起眼。「妳若不回答，就別想見到他。」

她怔住，繼而沈下臉。「他在哪裡？你要是不告訴我，我就——」她突然停住了呼吸。

銀髮妖魔還等著她說下去，卻見她突然雙腿發軟，跪了下去，露出了後頭的妖。

那個原本該被他殺死的妖竟沒死透，趁他倆說話時，從桃曉燕身後偷襲。
銀髮妖魔眼瞳驟縮，一劍腰斬偷襲的妖怪，同時伸手攬住桃曉燕搖搖欲墜的身子。
他將她打橫抱起，立即往回走。

第十五章

「你……」

「別說話，妳中了妖毒。」

叫她別說話？若不是他太囉嗦，她又哪裡會受此暗算，真他媽倒楣！

「我中了妖毒，可不好吃。」

「誰說我要吃妳？」

「不然你抓我做啥？」她試圖掙扎。

他擰眉。「別亂動，否則妖毒侵入得更快。」

她伸手去掐他的脖子。「再不放我下來，我就掐死你。」

他看著她，與她倔強的大眼對視後，他嘆了口氣，原本嘶啞低沈的嗓音，突然恢復成清朗熟悉的聲音。

「我只是關妳進黑牢，沒打算讓妳死。」

桃曉燕頓時愣住，這聲音是……

「司徒青染？」

紅眸低垂看了她一眼。「膽子還是這麼大，竟敢直呼本座的名諱。」

她大膽的事做得可多了，她先前還吐了他一身呢，喊他名字又怎麼了？在她的國家，喊名字代表親切。

還真是他！

「你怎麼變成了一頭白髮的老頭子？」

明明是銀髮，她偏偏說是白髮，還敢嫌他老。

「還有，你的眼睛怎麼是紅的？」

由於太過驚訝，她一連問了兩個問題，都忘了要掙扎，直到他抱著她來到水鏡前，才意識到他要帶她出黑牢。

「等等，我不走！」她死命掙扎，他卻不予理會，而她掙扎到一半，突然整個人僵住。

他看了她一眼，嘆道：「早叫妳別亂動了，妳不聽，現在動不了了吧？」

豈止動不了？她連嘴都動不了，說不出話了！

司徒青染抱著她跨過黑牢之門，來到一間密室。

這個門並不是她之前進去的那個門，而是另一個門！

桃曉燕眼珠子轉了轉，瞪向他。

彷彿心有靈犀一般，他低頭看她，似是知道她的疑惑，便回答她。

「沒錯，這是另一道門。」

好個狡猾的傢伙！把門設在自家密室裡，他一頭白髮妖魔的樣子就沒人瞧見了。

既然都出來了，她也沒辦法，中了妖毒，她現在不能動也不能說話，只有眼珠子可以瞟來瞟去。

彷彿知道她想看，他將她的身子調了個姿勢，讓她上半身坐直，靠著他的胸膛，像抱小孩似的。

經過這一番調整，桃曉燕確實可以瞧見周遭的景物了，不過相較於這陌生的環境，她更好奇司徒青染的一頭白髮和紅兔子般的眼睛，這傢伙是中毒了還是怎麼了，居然一夜白髮？

她不過進黑牢半個月，這男人就把自己搞成這副德行。

司徒青染抱著她走過狹長的密道，接著前方一亮，來到了一座花園。

桃曉燕認得這座花園，這是司徒青染的院子，原來黑牢另一個出口在這裡。

司徒青染轉頭看她。「一直盯著我做什麼？」

她繼續盯。

「喔對了，妳中了妖毒，無法說話。」

你知道就好！

她憋屈，不能說話，不能罵人，真他媽比死了還難受！

見她如此憋屈的模樣，他突然笑了出來。

他這個好徒弟，從來就是靠一張嘴討好他，什麼都敢說，伶牙俐齒的，現在不能說話，就像是一隻野貓被剪了爪子，撓人也不疼。

「妳是想問我，為何變成這樣？」

她連續眨了好幾眼，表示說對了。

司徒青染勾起唇角，對她道：「不告訴妳。」

「……」她用瞪人的眼神罵他。

這裡是他的院子，他現在閉關，四周都設了陣法。

在他閉關期間，未經他允許是不准任何人進入的，因此他抱著她，一路無人。

快接近屋門前，桃曉燕瞧見那屋門自動打開，他將她放在床上後，那屋門又自動關上。

……古代也有自動門就是了。

司徒青染將她放在床上後便轉身離開，過了一會兒返回，手裡多了一顆藥丸。

「嘴巴打開。」他說。

她用死人眼看他，沒說話。

他恍悟。「喔，對了，妳不能動。」

謝謝你喔，這位健忘的先生。

他彎身，伸手托起她的下巴，將她嘴巴打開，把藥丸放入她嘴裡，合上。

一股清涼襲來，藥丸在嘴裡化開，她瞬間覺得舒服多了，市面上賣的清涼錠都沒有這顆好吃。

她知道司徒青染有許多好藥，專治疑難雜症和傷口，他給她吃的肯定是治妖毒的。

說到妖毒，她就鬱悶，原以為自己不受仙術和妖術干擾，怎麼會中了妖毒呢？

不知那隻害她的是什麼妖？還有，這傢伙又為何變成白髮紅眼？

有太多的疑惑想問，偏偏她口不能言，跟啞巴似的。

這時候，她又想到冉青，他去了哪裡？茅草屋毀了，他等於沒了安身之地，妖怪又那麼多，他一個六歲的孩子有沒有被妖怪抓去？

想到冉青可能遇到的危險，桃曉燕又開始心急了。

活要見人，死要見屍，沒見到冉青的屍體，她就認定他還活著，說不定小正太正在受苦呢，就算他成功逃走了，也可能受傷了。

她腦海裡又浮現第一次見到冉青時，他被人欺負的可憐模樣，一想到就心如刀割。

偏偏她現在手不能動、口不能言，心焦如焚卻什麼都做不了，她從來沒這麼難受過。

一滴水落在司徒青染的手背上，令他頓住。

他抬眼，瞧見的是她兩行熱淚。

他擰眉，想也沒想就伸手去抹她的淚水。「怎麼哭了？放心，妖毒可解，不必害怕。」

他以為她是害怕妖毒，其實她是擔憂冉青，但她無法開口解釋。

唯一能救冉青的方法就是讓他出黑牢，而能讓他出黑牢的人，唯有……司徒青染！

對了，她怎麼沒想到，只要監獄長肯放人，犯人就能出獄啊！

司徒青染就是監獄長，問題是，要如何讓他答應放人呢？

當司徒青染為她抹淚時，她收回瞪人的眼神，換成可憐兮兮的目光瞅著他。

司徒青染手一頓，看著她濕漉漉的美眸，不似適才的怒瞪，而是透露出對他的依戀，令他心情大好。

「放心，妖毒可以解，剛才給妳吃的藥就是解妖毒的。」為了讓她不要害怕，他又特別解釋。「妖毒是妖怪死前最後的攻擊，與敵人同歸於盡，通常中了妖毒，就算不立即死亡，也會陷入昏迷，妳還能清醒地瞪我，代表這妖毒對妳的傷害有限，加上我的靈丹，相信妳很快就能痊癒了。」

原來如此。她眨了眨水眸，原以為仙術和妖術對她無用，她就天下無敵了，哪知原來還是會中毒的。

彷彿知道她的疑惑，他又補充道：「妖毒跟法術無關，這便是為何妳會中毒。」

她看著他，又眨眨眼，表示理解。

司徒青染手一揮，一張椅子就飛到她面前，然後他便坐在椅子上，與她面對面。

「……」幹麼突然變魔術！而且跟她面對面是什麼意思？

他一臉嚴肅，沈聲道：「我現在告訴妳，為何我會變成銀髮紅眼，這個秘密，除了我，只有我師父知道，而妳，是第二個。」

不，你別說，我不想知道。

你用這麼陰沈的表情和語氣，還特別強調我是第二個，怎麼聽都知道有陷阱。

可惜，她無法拒絕，因為她不能動、不能言，只能瞪大眼，聽著司徒青染正經八百地跟她傾訴。

「我娘是仙人。」

喔，所以你的仙根是遺傳自你老媽。

「而我爹是魔族。」

喔，原來你是混血兒，不用猜，你銀髮紅眼肯定是遺傳你老爸。

「每逢月圓之時，我體內的魔種就會發作，變成現在這個樣子。」

那不就跟狼人一樣，遇到月圓時就血液奔騰，狼性大發。

「千百年來，仙魔不兩立，爹娘一直保護我，可惜他們死於仙魔大戰，那時候我才六歲。」

讓我猜猜，你那麼小，肯定自保能力不夠，除非有貴人相助，那個人九成九是你師父。

「在仙人追捕妖魔時，我遇到我師父。」

賓果！看吧，別小看我推理劇情的能力。

「仙師雖然察覺到我體內的魔種，卻也同時探出我有千年難遇的仙根，他生性慈悲，見我年紀尚幼，不曾作惡，便收我為徒。」

不，你師父肯定跟我一樣，喜歡小正太，你小時候肯定長得可愛又俊俏，不信你試試，換一個醜的，看他收不收？

「因此，我建立了黑牢。」

她怔住，黑牢與他月圓時變身有什麼關係？

他看著她，笑了。「我不能讓人發現我有一半魔族的秘密，因此必須找個地方藏起來，黑牢就是我的藏身之地。」

桃曉燕眨眼，再用力眨眨眼，驀地恍然大悟。

她懂了！高明啊！黑牢表面上是關押妖魔的監牢，其實只是對外的幌子，月圓變身之前，他進入黑牢，就無人瞧見他變身的秘密。而黑牢是他的地盤，裡頭他最大，雖然黑牢關押的是妖魔，但其實妖魔也是他半個族人。

所以說，這傢伙簡直聰明絕頂，平時是道貌岸然的仙人，受世人膜拜景仰，月圓時就到黑牢當大魔頭，在自己的地盤上作威作福。

一言以蔽之，這廝過著雙面人的生活。

「現在，妳知道我的秘密了。」

桃曉燕心頭咯噔一聲，看著他幽深的眼眸朝她緩緩靠近，他的鼻息吹拂在她的臉上，如果不是深知他的為人，她會以為他要吻她。

「我信任妳……」他說：「所以，妳不可以背叛我，明白嗎？」

不明白！這麼重要的秘密，你幹麼不繼續藏著掖著，幹麼硬要告訴我啊？

他盯著她，突然伸手摸上她的臉頰。

這突然的動作令她心頭一驚，不明白這廝想幹麼，她越來越看不懂他了。

他撫摸她的臉頰，動作輕緩而溫柔，就像在撫摸一件愛不釋手的珍寶，配上他專注凝視的眼神，她不禁開始懷疑，這傢伙該不會對她生出了興趣吧？

他突然停止了撫摸，盯著自己的手，擰起眉。

「妳太髒，該洗一洗了。」

「……」去你媽的！你個死潔癖！

果然是她想太多了，這廝沒心沒肺又冷心冷情，怎麼可能對她有意思？

她全身動彈不得，如果可以她也想洗個澡，讓自己舒服一下。

他突然打橫抱起她。「走吧，去洗澡。」

雖然她對他很不屑，但現在就只能靠他了。

本以為他會吩咐女弟子來幫她洗浴，誰知他一路將她抱到浴池，完全沒看到其他人，就只有他與她。

他不會把她丟到浴池，泡在水裡就不管了吧？

司徒青染將她抱到浴池後，便盯著她看，她也看著他，心想這傢伙還真的要把她泡在浴池裡！

司徒青染似是有了決定。「妳該脫衣裳。」

很好，你終於想到了，快點叫其他人來伺候本姑娘！

司徒青染伸手開始解她的衣帶，令她不敢置信地瞪大眼。

不會吧？他……他要親自幫她脫衣？

司徒青染見她瞪直了眼，淡然道：「這裡沒有別人，只有我，我不可能讓別人瞧見我這模樣，只能由我來為妳更衣了，因為凡是瞧見我秘密的人，只有死路一條。」

見她依然瞪大眼，他勾唇。「放心，妳除外，我不會殺妳。」

他將她的衣襟解開，露出膚白玉嫩的女體，而她的胸前春光就這麼在他面前綻放。

面對裸身的她，他臉色平靜，依舊臉不紅氣不喘。

在這曖昧時刻，只要是個男人，多少會講些浪漫的甜言蜜語來哄哄女人。

偏偏這男人語不驚人死不休。

「我不會殺妳，除非妳背叛我，那我一定會一刀一刀的把妳的肉割下。」

桃曉燕很高興自己口不能言，不然她一定忍不住破口大罵。

他自己要把秘密告訴她，她有選擇嗎？面對女人的裸體，他就不會臉紅心跳一下嗎？竟敢威脅她！

若換成別的女人，早當他是神經病了。

不過她桃曉燕可不是被嚇大的，當初競爭集團接班人時，她也接過不少威脅信件，因此出門都要配幾個保鑣保護她。

他不臉紅，她也不會不好意思，反正又不是第一次被他看。更何況，國師大人願意紆尊降貴地來服侍她，她何樂而不為？

這男人嘴上不饒人，但是服侍她卻也不馬虎，還真的拿了布為她擦洗身子。

浴房裡十分安靜，只有水聲嘩啦啦地響，桃曉燕開始懷疑司徒青染是真的對女色無意。

他不但沒有臉紅，幫她擦洗時，掌中布滑過飽滿的胸部時，也同樣四平八穩，沒有遲疑，也沒有顫抖，就好像他是真的嫌她髒，不得已才幫她洗身子。

他將她從頭到腳洗一遍，沒有地方放過，包括私密處。

他沒臉紅，反倒是她的臉紅了。

不是害羞，而是被勾起了原始反應，她顫抖得都想呻吟了。

幸好發不出聲音，也該死的發不出聲音……好舒服、好難受、好想求饒。

司徒青染動作頓住，抬眼瞧她，發現她臉色很紅，眼眶紅潤，淚水又啪嗒啪嗒地掉著。

他擰眉。「我弄疼妳了嗎？」

我靠！這男人果然是個處男！連這種事都不懂，把她的慾望撩撥起來，還一臉天真無辜地問她這種浮想聯翩的話。

倘若……倘若她現在可以動，她一定立刻壓到他身上，把他給做了！

這麼一想，她忍不住抖了下，因為她高潮了。

司徒青染察覺到了，他怔住，盯著她紅潤的臉蛋。

他雖然未經男女情事，卻隱約知道一些。

他盯著她看了一會兒，才又繼續幫她擦洗身子。

桃曉燕卻覺得身子發軟，畢竟是才十六歲的身體，容易被挑逗，剛才不小心丟了一回，現在只覺得有些癱軟。

她好笑地想，她在古代的初次居然是在浴房裡，而且是被這男人用手給弄出來的。

她以為向來高高在上、對房事沒概念的國師大人，不知道自己剛才無意間用手服務了她，正暗自得意時，卻忽略了一點，司徒青染只是不把聰明放在男女之事上，只一心修行。倘若他肯把聰明用在她身上的話，她就會知道，這人只要瞄準一個目標，便會一心一意地執著，甚至容不得任何疑點存在。

就好比他認定桃曉燕身上藏著他不解的秘密，為了解開謎團，他可以很有耐性地與對方周旋，在有意無意間，讓對方卸下心防，露出狐狸尾巴。

所以他可以任她放肆妄為，也可以立即送她入黑牢。

如今，他得到了他要的解答。

他看似冷心冷性，殊不知，一旦動了不該有的情，就會一路走到底，至死方休。

桃曉燕給他承諾就是招惹了他，所以他抱她出黑牢、親手伺候她更衣，為她擦洗身子。

他發現她的身子起了反應，雖然隱約知道一些，可看她有意隱瞞，他還是不動聲色地去查。

司徒青染要麼不學，一旦學了就很快。

他進了黑牢，招來一名狼妖手下，問他人族女子的特性，狼妖手下們立即去搜羅消息。

這種事，問狐妖就對了。

關於人族女子的身子特性，比叫他們去挖薑、挖筍子、挖芋頭簡單多了。

狐妖在司徒青染面前化身為人族女子，與另一名狐妖化身的男子，一起演繹了一齣男歡女愛的過程。

司徒青染看完後，點頭道：「原來如此，下去領賞吧。」

兩名狐妖開心地搖尾巴。「謝大王賞賜！」

司徒青染轉身出了黑牢，回到屋內，往內房裡走。

桃曉燕此時正泡在藥湯裡，池裡加了許多藥材，她閉著眼，差點睡著了，睜開眼，發現司徒青染正站在浴池前看著她。

桃曉燕與他對望，心想換個人早被他嚇死了，無聲無息的，又是一頭銀色長髮加上紅眼。

不過她只在心裡腹誹，可沒忘了救冉青出來還得巴結司徒青染呢，因此她對他笑了一下。

司徒青染看著她的笑容，說道：「妳可以笑了？是否能說話？」

還不行呢。她嘟嘴，幸虧表情能動，多少可以表達一些。

「還不行哪……」他沈吟了一會兒，又接著說：「我幫妳揉揉，或許會快點，妳可要我幫妳揉揉？」

她目光晶亮，笑了。

國師能幫她服務當然好啦，她也希望趕快解毒，行動恢復自如，不然泡在水裡無聊死了，雖然這藥湯泡得挺舒服的。

笑代表同意，嘟嘴代表不行，他明白了。

「既如此，我幫妳揉揉身子吧。」

桃曉燕以為他要像上次一樣，直接穿著衣裳進浴池，因為她親眼看著他打濕衣裳，事後出了浴池，只用一個法術就讓衣裳全乾，讓她覺得神奇又羨慕。

若是她也會法術多好，既方便又刺激。

她才這麼想著，驀地一呆，因為司徒青染在她面前脫了外衫。

不會吧？他要脫光光？

司徒青染面色平靜地卸下上衣，露出精壯的胸膛，在她的目光下，繼續往下脫，直到完全脫光，一絲不掛。

桃曉燕不是沒見過裸男，可震撼的是，司徒青染竟然在她面前脫光，讓她吃驚得都忘了要閉眼。

臉紅羞澀？那不是她會幹的事，她的反應是瞪直了眼，該看的全都看，包括他尺寸的大小。

一句話，有料！看不出這人斯文的外貌下，蘊藏著結實的身軀。

她忍不住吞了吞口水。

司徒青染將她的表情看在眼底，見到他不會臉紅心跳，她是第一個；見到他光裸身子，眼睛不避還睜大眼看的，她也是獨一個。

對了，她不屬於這個世間。

他心想，沒關係，他會讓她屬於他。

在她的目光下，他跨進浴池，來到她面前。

她大半個身子泡在浴池裡，他伸手扣住她的肩膀，將她拉過來，轉了個身背對他。

「我幫妳揉揉吧。」他說，先從揉肩膀開始。

桃曉燕看不到他的臉，因此錯過了他暗藏火苗的眼神。

除了一開始的驚訝，她很快就習以為常了，只當他是嫌弄濕衣裳很麻煩吧？

男人的力氣大，揉起肩膀來指腹有力，而他力道拿捏得恰到好處，因此她很快通體舒暢。

本來她還苦惱自己中了妖毒，全身動彈不得，現在卻覺得塞翁失馬，焉知非福，若不是中了妖毒，不然哪有這個榮幸得到國師大人的服務？

男人的雙手從她的肩膀滑到背上，緩慢的按揉，順著她的肩胛往下，一直到腰部。

桃曉燕覺得，司徒青染不去當推拿師真是太可惜了，若擱在現代，她肯定要找十來個男人跟司徒青染學這一手推拿術，每天排班幫她推拿。

她閉著眼，享受這種起雞皮疙瘩的舒服，嘴角還不自覺地上揚。

幸虧是背對他，不然讓他瞧見自己的得意，說不定他就傲嬌得不服務了。

這一回，她看錯他了。

司徒青染是打著讓她「舒服」的目的來的，他能摸到她的脈動，知道她對他的撫摸產生何種反應。

他也能用靈識探查她，瞧見她上翹的嘴角，知道她有多麼享受。

她喜歡他的撫摸，他勾起了唇邊的笑意。

男人的掌心平貼在她背上，上下來回撫摸，接著游移到腰間，揉著她的纖腰。

真是太舒服了！

桃曉燕感覺到自己僵硬的身子開始放鬆，當男人的胸膛貼上她的背時，她也不以為意，正好當她的椅背！

可當男人的雙手滑到她的胸部時，她睜開了眼。

她的脖子還不能動，因此無法低頭，只能感覺到男人的大掌完全包裹住她胸前的兩顆柔軟。

她向來很懂得享受美食，加上喜歡運動，因此吃得多、動得多，發育得也比一些大門不出、二門不邁的姑娘們好。

加上她的內衣都是訂製的，將她的胸型雕塑得很好，她的胸部比一般同齡姑娘還要豐滿。

這一點，司徒青染可以證實，他雙手覆住的兩顆白包子，柔嫩飽滿，實際摸比他用眼睛看更加有料。

大掌揉著她的胸部，而她加快的脈動也傳到他的手上。

她喜歡這樣的撫摸，他知道。

「嗯……」她忍不住輕輕呻吟，也只能發出這點呻吟。

背靠在他懷裡，她閉上眼，覺得全身開始發熱，到了這時候，她如果還遲鈍得不知道他在撩撥她，她就白活兩輩子了。

死宅男，平時看他一副清高的姿態，竟然也會趁人之危。

她可沒冤枉他，她現在中毒不能動，他藉著為她醫治來撫摸她，不就是趁人之危嗎？

她勾起唇角。

他敢摸，她就敢享受。

以心智年齡來說，她把司徒青染當成小鮮肉，就像那些年輕的男明星或男模，為了成名，也有幾個試圖想爬上她的床。

畢竟要找到有權有勢還有錢的美麗女人，機會可不多。

能夠讓一位清心寡慾的仙人臣服在她的美色下，她可不吃虧，吃虧的是他，到時對他的道行有影響，可怪不了她。

況且，他對她有慾望更好，如此她才能拿捏他，把冉青救出黑牢。

她閉上眼，心安理得地享受。

她不能說話，他也沈默，透過撫摸，他的掌心步步進逼，她也任由他逾越放肆。以醫治為名的理由早就變了調，彼此心照不宣。她發育良好的身子含苞待放，只待一個幸運的男人來採擷。

她只是沒想到，來採這朵花的男人會是他，大靖朝的國師，從不沾染女色的仙人，司徒青染。

手段不光明，做起來很正大。

他一手撫著她的胸，另一手往下延伸，最後埋入她雙腿間，探索她最私密之處。

他真敢！

桃曉燕不知該鼓勵他的大膽，還是鄙視他的無恥，她真想取笑他，對他露出洋洋得意的表情，偏偏是挑在這種時候，真可惜，不過……話說回來，若不是這種時候，他又有何理由對她上下其手呢？

「嗯嗚……」她忍不住輕喘，任她再厲害、再精明，身體的反應是由不得人的。

司徒青染學得很快，從她的脈動和表情，已然抓到了訣竅，也察覺到自己有了慾望。

這種陌生的慾望第一次衝擊到他，讓他驚訝得停下動作。

怎麼停了？桃曉燕想罵人。

事情是他起頭的，先挑逗她，偏偏又在她快要來的時候停住，卡在這種要來不來的時候，最他媽難受了！

算了，他畢竟是個處男，沒經驗，不知道這種事一旦撩撥到重點，隨便停下來就是不講道義。

當她正感到遺憾時，身子突然被轉了過來，與他面對面。

她驚呆了。

眼前的他，一頭銀髮飄在空中，彷彿是活的，而他的眼眸比先前更加血紅，配上他雪白的膚色，既美且魅，簡直妖邪得像惡魔出世。

她屏住呼吸，心想他不會吃了她吧？看恐怖片都沒這麼心驚肉跳過。

惡魔的鼻息貼近，他果然要吃了她，她嚇得閉上眼，冰涼的薄唇欺上她的嘴，他真的在吃她，但沒真吃，只是吮咬。

他的火舌以霸道之勢侵入，與她的丁香小舌糾纏，他的手臂環抱她的身，將她揉進自己的胸膛，肌膚貼著肌膚，她發現他的皮膚是燙的。

他的慾望破繭而出，那麼突然，卻又在意料之中。

男人本色，管他是仙是魔，她只乞求一件事，拜託這位先生，麻煩你溫柔一點，姊姊這具身子是第一次，禁不起折騰。

在他壓上她時，她感覺到他的尺寸，心想進去肯定很疼。

她想大叫，為什麼偏偏挑在這種時候，手不能動，口不能言，想叫他溫柔點都不行，只能任人宰割。

男人顯然被挑起原始的慾望，不能滿足於在水中，而是將她抱起來，走出浴房，將她放在寢房的大床上。

他居高臨下地俯視她，就像狼盯著獵物，審視她的一切——從頭到腳。

這樣的角度，桃曉燕也可以看到他，就見他身下的慾望昂然挺立，令她再也無法平心靜氣。

男人似乎是想好好看清她，打量她的身子後，竟抓住她的腳踝，將她雙腿彎起抬高。

他在盯著她的……

桃曉燕終於羞了，大白天的，什麼都遮不住，簡直被他看透了。

她被他瞧得身子都熱了，男人目光如火，被他這樣火辣辣地盯著，他還沒進來，她就興奮地來了。

「……」她沒想到自己居然這麼容易受刺激，上次是手，這次是眼神，她簡直羞愧。

狐妖只是演繹動作，並沒有真的執行，讓司徒青染無法得知細節，他只知道床上的女人彷彿受到刺激，釋放了某種訊息，這訊息也刺激到他，讓他血液沸騰。

他想蹂躪她，而他也付諸行動了。

沒有前戲，也沒有熱身，他直接進入她。

桃曉燕倒抽了口氣，她就這麼被破身，沒有喘息的空間，只有他媽的痛！

她氣得打他、撓他、咬他。

誰讓她痛，她就讓誰疼！

只可惜她這點掙扎對司徒青染根本不痛不癢，只會火上澆油，激出他的獸性，在她身上大力馳騁。

桃曉燕發誓，等她康復後一定以牙還牙，讓他也嘗嘗這種疼痛的滋味，這感覺簡直就像被人用刀劈開似的。

她不知道，若換成別的女人，誰不願意臣服在他腳下，只求他盡情蹂躪？

仙人的陽水千年難得，更何況是修行有成的仙人，他的童陽一滴難求，而他卻全給了她。

有仙人的童陽護體，在她體內游走，勢如破竹，消滅她所中的妖毒，這就是為何他一進入，她立即就可以動了，不但能打他、撓他，還可以咬他。

她痛得沒發現，只有滿腹的怨氣。

身下的女人像隻發了瘋的小獸，他不介意她的放肆，只感到盡興和痛快。

她能動、能打、能咬，這很好。

活蹦亂跳的她比死氣沈沈的她好太多了，他不得不承認，他就喜歡她這直率的性子，敢怒敢言，如果她可以說話的話，他相信她會對他破口大罵。

可惜她只能動，還不能說話，不然他很想聽聽看她在自己身下會如何呻吟，那肯定很美妙。

司徒青染笑得邪魅，捧住她的雙頰，以吻封住她的唇。

她體內已有他的精血，就像烙印一般，烙下屬於他的氣味，其他妖魔會從她身上聞到他的氣味，知道名花已有主。

從今以後，不管她去了天涯海角，他都可以找到她。

她已經屬於他了。

——未完，待續，請看文創風1211《國師的愛徒》下

2022年11月出版

姑娘深藏不露

文創風 1115～1116

有一種愛情叫莫顏，有笑也有甜／莫顏

七妹剛從村裡逃出來，初出江湖，自是不知險惡，
遇到有人求助，她定是二話不說，伸出援手，
但世上的人，不是每一個都像她那般單純。
於是她懂了，凡事不可輕信，在這險峻江湖，她要靠自己！

安芷萱一開始並不叫這個名字，而是叫七妹。
七妹出生在溪田村，爹娘死後被二伯收養，
誰知無良二伯和村長勾結，一心只想把她賣了賺錢。
她才不願讓他們得逞呢，天下之大，何處不能容身？
她乘機逃脫，路上偶然得到法寶幫忙，
原以為靠著法寶，她可以美滋滋過著自己的小日子，衣食無憂，
誰料得到，竟是將她拉進一連串驚心動魄的旅程……
易飛身為靖王身邊的得力護衛，什麼江湖高手沒見過？
誰知一個看似無害的姑娘，竟讓他有如臨大敵的感覺。
易飛覺得安芷萱很可疑。「她一路跟蹤我們，神出鬼沒。」
好夥伴喬桑狐疑道：「可是她沒有內力，也沒有武功。」
安芷萱趕緊附議。「我是無辜的。」
易飛認定這姑娘有問題。「她掉下萬丈深淵，竟然沒死。」
軍師柴子通捋了捋下巴的鬍子。「丫頭，妳怎麼說？」
安芷萱回答得理直氣壯。「我吉人自有天相，大難不死！」
一旁的護衛們交頭接耳，還有人說她是東瀛來的忍者……
安芷萱抗議。「怎麼不說我是仙子？」
靖王含笑道：「小仙子是本王的救命恩人，不可無禮。」
安芷萱眉開眼笑。「殿下英明。」
易飛冷笑，一雙清冷眉目瞪著她。妳就裝吧，我就不信查不出妳的秘密！
安芷萱也笑，回瞪他。你就查吧，看我怎麼玩你！

不黏不膩，享受一起努力的半糖愛情／南風行

2023年10月出版

勞祿命女醫

當穩婆接生一次的收入，一半都要拿來繳稅，
有房有馬那就有雜稅，修屋也有修屋稅，
就算啥都沒有，一個人每月也要交一百文的稅，
真是萬萬稅，沒人告訴過她，古代的稅這麼多啊？

文創風 1201 1

梅妍一穿越就是棄兒，隨著撿到她的婆婆居無定所，
雖然身分低下，但身為穩婆的她不怕沒生計，畢竟哪戶都要生產。
這不？才搬到新居秋草巷，半夜就有人喊著需要穩婆出診救人！
有上輩子的婦產科經驗，她不似在地穩婆迴避難產，保下母子打出口碑。
這趟出師順利，讓她不但有了生意，還獲得擔任縣衙查驗穩婆的機會，
只是她天性負責，又要為照護先前的產婦，幾乎每天忙得團團轉，
總算所有事務告一段落，她才慶幸能夠睡到自然醒，卻被施工噪音吵醒，
嗚嗚嗚，這秋草巷破敗已久，縣令早修晚修都好，為什麼要現在修啊？

文創風 1202 2

被判為妖邪會要人命，但那些身體徵狀根本就是生病，這讓梅妍怒火中燒，
幸好縣令非昏庸之輩，聽她有憑有據的解釋，這才順利救下遭誣陷的百姓。
不過這妖邪案的水也太深，竟然引來許多有心為民的大佬隱身市井關注?!
她一個小穩婆竟入了他們的眼，生活除了忙，就是忙，想喘息一下都難，
生活才剛穩定，又要她去照顧育幼堂的孤兒，她一個人哪有能力啊？
無奈上天自有安排，下起冰雹，她住得最近，總不能眼睜睜看著孩子出事，
孰料到了現場，竟有不配合的熊孩子作亂，所幸出現一群將士及時幫了忙，
原來是返鄉療傷的大將軍鄔桑的麾下，返鄉？這就是施工噪音的主因了吧？

文創風 1203 3

梅妍發現育幼堂的女孩們知足惜福，卻不知為何對新衣服有點害怕，
直到其中一個女孩被擄走，才知道每當她們穿上新衣就會「被」消失。
妖邪案、樣貌精緻的孤兒消失，都證實有權貴在做見不得人的勾當，
也讓她更加警惕自己平民的身分，即便跟大佬們有些來往，也不可放鬆。
所以……鄔桑大將軍離開前把三隻狗放她家是什麼意思？讓她當狗保母？
好嘛，照顧孤兒女孩們、代替遠在前線的軍醫幫鄔桑換藥，能者多勞唄！
孰不知能者不但多勞還多災，先前她在公堂上查體，如今卻關進大牢裡，
啊！原來把狗放她家，是想要保護她嗎？可惜狗狗無法對抗陰謀啊……

文創風 1204 4 完

梅妍體驗了被劫獄的刺激，只可惜劫她的不是英雄，是無恥梟雄，
幸虧她利用機智跟一點安眠藥，順利在月黑風高時落跑成功，
不過她沒被歹人弄死，卻差點把自己摔死，所幸鄔桑和狗狗及時相救。
沒想到這幫歹人的頭子竟是郡上太守，背後更牽扯到皇帝信任的護國寺，
但後續與只能坐在輪椅上養傷的她無關，如今她只管複診，日子悠哉許多，
唯一煩惱的是各種直球丟來的鄔桑，堂堂大將軍天天幫她推輪椅是怎麼回事？
沒辦法繼續裝傻，她也對他確實有好感，便在流螢漫天的池塘邊互訴情意，
誰知隔兩天這傢伙居然上門提親？等等、等等！這進度太飛越了，她拒絕！

Family Day 2023

全明星閱讀會

那些年的精采，感動再現

11/6（08：30）～ **11/22**（23：59）止

新書開賣啦 鎖定價75折！

文創風 1205-1209 夏言《繡裡乾坤》全五冊

文創風 1210-1211 莫顏《國師的愛徒》全二冊

熱映不間斷 大力買下去才夠看！

75折	文創風1159-1204
7折	文創風1113-1158
6折	文創風1005-1112

小狗章專區

每本 **99** 元	文創風896-1004
每本 **39** 元	文創風001-895、花蝶/采花/橘子說全系列（典心、樓雨晴除外）
每本 **8** 元	PUPPY/小情書全系列

夏言 著

窈窕淑女，君子好逑

她便是他的喜怒哀樂、他的一切，
他的心全然繫在她身上，隨著她而轉。
她若高興，他便高興；
她若不開心，他也不會開心；
倘若她不在這世上了，那他……便也不想活了。

11/7、11/14 上市

文創風 1205-1209《繡裡乾坤》全套五冊

上有兄長、下有妹妹，在家排行老二的雲意晚從小就不得母親喜愛，
本以為十指都有長短了，喜愛當然也有多寡之分，不須在意，
然而向來不爭不搶的她，前世卻被母親逼著嫁給定北侯顧敬臣當續弦，
理由只是為了照顧因難產而逝的喬家表姊獨留在侯府的新生幼兒，
她不懂，身為一個母親，到底要多不愛，才會這麼對待自己的親生女兒？
外傳顧敬臣極愛她表姊母子，為了年幼的兒子才會同意她嫁入侯府，
可別說照顧孩子了，他根本連孩子的面都不讓她見，那當初又為何娶她？
結果，她在懷孕四個月時被一碗雞湯毒死，連凶手是誰都毫無頭緒，
死不瞑目的她如今幸運重生，她發誓今生定要查明凶手，不再糊塗度日！
她但求表姊這世能長命百歲，如此她便不用嫁人當繼室，迎來短命人生，
但也不知哪裡出錯，太子要選正妃，喬家表姊竟一心一意要去參選！
不應該啊，前世表姊嫁的明明是定北侯顧敬臣，沒有太子什麼事啊！
莫非……她的重生改變了相關人物的命定軌跡？
還是說，表姊是在太子妃落選後，才退而求其次地當個侯夫人？
若真如此，那顧敬臣肯定是愛極了表姊，不然哪個男人容得下這種事？

私心推薦

文創風 1068-1069《三流貴女拚轉運》全二冊

身為平安侯府嫡女的蘇宜思，爹疼娘寵，更是祖母的心頭寶，
偏偏他們家因聖寵不再，從一等國公府被降為三流侯府，
更慘的是，她初次進宮就闖下大禍，誤闖皇家禁區，
本以為會丟了小命，甚至連累家族，誰知道皇帝寬宥了她，
欸？看來皇上沒有眾人講的那麼討厭他們蘇家呀？
不明就裡的她一心想著有什麼方法，可以化解上一代的恩怨，
心懷鬱悶地一覺醒來，發現竟然回到二十多年前，更巧遇年輕時的父親?!

Family Day 2023

有買友好禮 大方送給你

抽獎辦法　活動期間內，只要在官網購書並成功付款，系統會發e-mail給您，並附上抽獎專用之流水編號，買一本就送一組，買十本就能抽十次，不須拆單，買越多中獎機率越大。

得獎公佈　12/13(三)於狗屋官網公佈得獎名單

獎項

3名　文創風 1212-1214《醫妻獨大》全三冊

10名　紅利金 200元

Family Day 購書注意事項：

(1)請於訂購後**三日內**完成付款，最後訂購於**2023/11/24**前完成付款才算有效訂單喔！

(2)購書滿千元(含)以上免郵資。未滿千元部分：
郵資65元(2本以下郵資50元)／超商取貨70元(限7本以內)／宅配100元。

(3)特賣書籍因出書時間較久，雖經擦拭、整理，仍有褪色或整飾痕跡，故難免不如新書亮麗。除缺頁、倒裝外無法換書，因實在無書可換，但一定會優先提供書況較良好的書給大家。若有個人原因需要換書，需自付來回郵資。

(4)各書籍庫存不一，若遇缺書情形可選擇換書或退款。

(5)歡迎海外讀者參與(郵資另計)，請上網訂購或是mail至love小姐信箱(love@doghouse.com.tw)詢問相關訊息。

狗屋有權修改優惠活動的實施權益及辦法。

為流浪貓狗加油 和貓寶貝 狗寶貝 廝守終生(一定要終生喔！)的幸福機會

對人來說，貓寶貝狗寶貝只是生活的一部分，
但妳（你）對牠們來說，卻是生活的全部，領養前請一定要考慮清楚——

▲ 抨擊你心的小可愛——瓦仔

性　　別：男生
品　　種：米克斯
年　　紀：1～2歲
個　　性：活潑親人、喜歡撲人
健康狀況：已結紮，已施打狂犬病疫苗（若認養則免費植晶片）
目前住所：雲林縣斗六市（雲林科技大學汪汪社）

本期資料來源：雲科大汪汪社

『瓦仔』的故事：

今年五月，一隻陌生的狗狗突然出現在雲科大校園內，個性活潑又親人的牠馬上受到大家的喜愛。牠毛色油亮，胸前及前腳末端有白毛，大家紛紛集思廣益想名字：台灣黑熊、襪襪、白手套等等，最終汪汪社決定命名為瓦仔（襪仔）。

瓦仔是一隻不挑食的乖寶寶，最喜歡吃肉條和小餅乾，能分辨出哪隻手握有食物，也會坐下、握手的基本指令。平時不認生，看到人都會很熱情地撲上去，成功討摸的時候，則會樂得把前腳放在對方手臂上，表示自己非常開心。

大大的頭、發亮的毛髮以及腳上一雙可愛的小白襪，總是用可愛憨呆的表情面對大家的瓦仔，擁有用不完的活力，隨時隨地能帶動周邊的歡樂氣氛。想親身領略瓦仔式的歡迎秀嗎？請私訊雲科大汪汪社粉專、IG：ouaouaclub_yuntech，或聯繫蔡同學0972748234，相信有了瓦仔的陪伴，生活一定樂無窮！

認養資格：

1. 認養人須年滿18歲，能夠定期帶瓦仔打疫苗。
2. 出門請使用牽繩，不餵食廚餘。
3. 不長期關籠，不任由毛小孩自己外出。
4. 須同意送養人日後之追蹤探訪，對待瓦仔不離不棄。

來信請說明：

a. 個人基本資料：姓名、性別、年齡、家庭狀況、職業與經濟來源等。
b. 想認養瓦仔的理由。
c. 過去養寵物的經驗，及簡介一下您的飼養環境。
d. 若未來有結婚、懷孕、出國或搬家等計劃，將如何安置瓦仔？

文創風 1210

國師的愛徒 上

國家圖書館出版品預行編目資料

國師的愛徒 / 莫顏著. --
初版. -- 臺北市 : 狗屋出版社有限公司, 2023.11
冊 ; 公分. --（文創風 ; 1210-1211）
ISBN 978-986-509-471-3（上冊 : 平裝）. --

863.57　　112016684

著作者　莫顏
編輯　王冠之
校對　陳依伶
發行所　狗屋出版社有限公司
地址　台北市104中山區龍江路71巷15號1樓
電話　02-2776-5889～0
發行字號　局版台業字845號
法律顧問　蕭雄淋律師
總經銷　知遠文化事業有限公司
電話　02-2664-8800
初版　2023年11月
國際書碼　ISBN-13　978-986-509-471-3

定價290元
狗屋劃撥帳號：19001626
網址：love.doghouse.com.tw　E-mail：love@doghouse.com.tw